共和国故事

# 希望之光

## ——资助贫困地区失学儿童重返校园活动启动

董文华　编写

吉林出版集团股份有限公司

图书在版编目（CIP）数据

希望之光：资助贫困地区失学儿童重返校园活动启动/董文华编. —

长春：吉林出版集团股份有限公司，2009.12

（共和国故事）

ISBN 978-7-5463-2095-3

Ⅰ．①希… Ⅱ．①董… Ⅲ．①纪实文学－中国－当代 Ⅳ．①I25

中国版本图书馆 CIP 数据核字（2010）第 000438 号

希望之光——资助贫困地区失学儿童重返校园活动启动

XIWANG ZHI GUANG　　ZIZHU PINKUN DIQU SHIXUE ERTONG CHONGFAN XIAOYUAN HUODONG QIDONG

编写　董文华

责任编辑　祖航　宋巧玲

出版发行　吉林出版集团股份有限公司

印刷　三河市嵩川印刷有限公司

版次　2010 年 1 月第 1 版　　　2022 年 1 月第 9 次印刷

开本　710mm×1000mm　1/16　　印张　8　字数　69 千

书号　ISBN 978-7-5463-2095-3　　定价　29.80 元

社址　吉林省长春市福祉大路 5788 号

电话　0431－81629968

电子邮箱　tuzi8818@126.com

# 前　言

　　自 1949 年 10 月 1 日中华人民共和国成立至今,新中国已走过了 60 年的风雨历程。历史是一面镜子,我们可以从多视角、多侧面对其进行解读。然而有一点是可以肯定的,那就是,半个多世纪以来,在中国共产党的领导下,中国的政治、经济、军事、外交、文化、教育、科技、社会、民生等领域,都发生了深刻的变化,中国人民站起来了,中华民族已屹立于世界民族之林。

　　60 年是短暂的,但这 60 年带给中国的却是极不平凡的。60 年的神州大地经历了沧桑巨变。从开国大典到 60 年国庆盛典,从经济战线上的三大战役到经济总量居世界第三位,从对农业、手工业、资本主义工商业的三大改造到社会主义市场经济体制的基本确立,从宜将剩勇追穷寇到建立了强大的国防军,从废除一切不平等条约到独立自主的和平外交政策,从"双百"方针到体制改革后的文化事业欣欣向荣,从扫除文盲到实施科教兴国战略建设新型国家,从翻身解放到实现小康社会,凡此种种,中国人民在每个领域无不留下发展的足迹,写就不朽的诗篇。

　　60 年的时间在历史的长河中可谓沧海一粟。其间究竟发生了些什么,怎样发生的,过程怎样,结果如何,却非人人都清楚知道的。对此,亲身经历者或可鲜活如昨,但对后来者来说却可能只是一个概念，对某段历史的记忆影像或不存在，或是模糊的。基于此，为了让年轻人，特别是青少年永远铭记共和国这段不朽的历史，我们推出了这套《共和国故事》。

《共和国故事》虽为故事，但却与戏说无关，我们不过是想借助通俗、富于感染力的文字记录这段历史。在丛书的谋篇布局上，我们尽量选取各个时代具有代表性或深具普遍意义的若干事件加以叙述，使其能反映共和国发展的全景和脉络。为了使题目的设置不至于因大而空，我们着眼于每一重大历史事件的缘起、过程、结局、时间、地点、人物等，抓住点滴和些许小事，力求通透。

历史是复杂的，事态的发展因素也是多方面的。由于叙述者的视角、文化构成不同，对事件的认知或有不足，但这不会影响我们对整个历史事件的判断和思考，至于它能否清晰地表达出我们编辑这套书的本意，那只能交给读者去评判了。

这套丛书可谓是一部书写红色记忆的读物，它对于了解共和国的历史、中国共产党的英明领导和中国人民的伟大实践都是不可或缺的。同时，这套丛书又是一套普及性读物，既针对重点阅读人群，也适宜在全民中推广。相信它必将在我国开展的全民阅读活动中发挥大的作用，成为装备中小学图书馆、农家书屋、社区书屋、机关及企事业单位职工图书室、连队图书室等的重点选择对象。

编　者
2010 年 1 月

目　录

三、爱的延续

# 一、 酝酿决策

● 徐永光、郗杰英、李宁、杨晓禹等工作人员，怀着一种急迫的心情，在北京后圆恩寺甲一号的一座不知名的四合院里，描绘着基金会这一刚刚出苞的新事物的蓝图。

● 当徐永光他们问到村适龄儿童的入学率时，校长算了算告诉他们只有60%，巩固率更是小得可怜。

● 徐永光拿过写着"春雨计划"的宣传提纲清样，用钢笔圈掉"春雨"，填上"希望"。

# 成立中国青年基金会

1988 年 5 月，开完中国共产主义青年团第十二届全国代表大会后，时任共青团中央组织部部长的徐永光，找到了团中央书记处书记刘奇葆。徐永光说能不能让他来搞一块实体，把事业开发搞起来。

刘奇葆两天后通知徐永光，团中央书记处同意徐永光的想法，决定成立团中央事业开发委员会。刘奇葆任主任，徐永光任副主任兼办公室主任。

有了组织，就得招兵买马，这样才能干事业，谋发展。当时在团中央工作的郗杰英、杨晓禹等人主动加入徐永光的队伍，还有北京市委的李宁也闻声而来。

人马也有了，队伍齐整了。可干什么和怎么干的问题，一时还没有确定下来。当时徐永光打算两件事同步推进，一是创办中国华青公司，一是筹办基金会。

但因后来清理整顿公司，中国华青公司就没有办下来，基金会却办成了。徐永光后来回忆说：

> 当时如果公司注册下来了，我会去做公司而不是做基金会。那么中国无非多了一个小商人，也许就少了一个"希望工程"。"希望工程"的出现有许许多多的因素，其中就有这样

一些偶然因素。这也许就是命运！

1989 年 3 月，由共青团中央、中华全国青年联合会、中华全国学生联合会和全国少先队工作委员会联合创办的中国青少年发展基金会在北京正式成立。中国青少年发展基金会简称"中国青基会"。

中国青基会是以促进中国青少年教育、科技、文化、体育、卫生、社会福利事业和环境保护事业发展为宗旨的全国性非营利社会团体。

它所实施的项目包括人们熟知的"希望工程"及保护母亲河行动、中华古诗文经典诵读工程、公益信托基金、国际青少年消除贫困奖、中国十大杰出青年评选等。

这些项目中最主要、最有影响力的是"希望工程"。这是一项被社会广泛关注的公益事业，旨在通过筹款，资助中国农村贫困地区的少年儿童获得受教育的机会。

中国青基会的宗旨是：争取海内外关心中国青少年事业的团体、人士的支持和赞助，促进中国青少年工作、社会教育、科技、文化和福利事业的发展，推动现代化建设，促进国际青少年间的友好关系，维护世界和平。中国青基会的使命是：通过资助服务、利益表达和社会倡导，帮助青少年提高能力，改善青少年成长环境。中国青基会倡导"社会责任、创造进取、以人为本、追求卓越"的价值观。

基金会成立后，徐永光任秘书长。

酝酿决策

# 把目标聚焦在教育上

共青团的重要职能之一就是为青少年服务，但是为青少年服务不能仅仅玩虚的，不能耍耍嘴皮子就完了，要来实的，要办实事，这就要有钱。

可国家没有用于青少年事业发展的财政预算，只有共青团系统的工作经费。说得更具体一点，就是人头费。

干什么事都离不开钱，而国家又不给钱，还要办事，怎么办？只有向社会募集。这就是徐永光他们创建基金会的最初始的动机，说到底就是为了运用社会的财力资源，取诸社会，用诸社会，更好地为青少年服务。

中国青少年发展基金会如果当初仅仅把目光放在一般性的为青少年服务上，那么可以肯定，它的工作不大可能会做得像今天这么红火。

徐永光、郗杰英、李宁、杨晓禹等工作人员，怀着一种急迫的心情，在北京后圆恩寺甲一号一座不知名的四合院里，描绘着基金会这一刚刚出苞的新事物蓝图。

为青少年服务，该做的工作太多了，应该先办哪一件？徐永光他们也感到无从下手，有点不知所措。他们在思索，他们在调查，他们在论证……

当今世界，人类在共同前进的历程中，日益获得一个意义深远的共识，那就是教育就是一切，没有教育就绝对没有经济的发达、政治的繁荣和文化的兴盛。

不是都很重视资源吗？教育就是一种巨大资源。20世纪90年代的中国，更是十分清楚地面临着时代的挑战。究其实质，即是对人才的竞争，对全面提高人的素质的竞争。这是关系到民族盛衰、国家兴亡的根本大计。

正是基于这样的考虑，徐永光他们最后不约而同地把目光聚焦在同一个目标上：教育。

如果能为中国的教育事业助一臂之力，那实在是太有意义了！不过一想到我国每年有400万名儿童辍学这个像沙漠一样浩大的数字时，他们的眉心又蹙紧了。400万，这个连国家都感到头疼的大包袱，要靠一个刚刚成立的基金会来背，实在是有些力不从心。

"我们应该选准一个突破口，使力量更集中一些!"

"我们应该首先做雪中送炭的工作，选那些最需要帮助的对象!"

一阵热烈的议论过后，大家又陷入冷静的思索。

四十不惑的徐永光站在窗前，久久地凝思着。

忽然，他觉得一座座若隐若现的山峦在眼前晃动着。像是大瑶山，不错！是大瑶山……

# 青基会酝酿希望工程

徐永光的思绪回到了两三年前。

那是 1986 年一个春寒料峭的 3 月，徐永光作为团中央组织部部长，带领考察组，前往广西大瑶山少数民族贫困地区考察。

那一天，考察组走进金秀瑶族自治县的共和村。

在村中心小学，他们看到了几间破烂不堪的教室，其中两间教室的墙壁都塌掉了一半，给人的感觉是这里好像刚刚被敌机轰炸过。寒风中，有些孩子就钻在稻草团里听课。

学校仅有的两件教具，一件是一只已经转不动的地球仪，一件是一个算珠已掉了一半的算盘。让人更想不到的是，多半的孩子上课没有纸和笔。

看到这种情景，徐永光他们心里不禁一颤。

在这个 4000 多人的村子里，解放后还没出过一名初中生。有一年考试时，全村 250 名学生中，语文、数学两门全科及格率为零，单科及格率仅占 4.8%！

谈到学校的这种情况，校长对考察组的人说："不能怪孩子太笨，只能怪他们家里太穷。他们一个星期常常要留在家里帮父母干一两天的活儿。还有，就是教师力量也太弱了，我们的 18 名教师中，只有两名是初中和中师文化程度，有几名教师自己才上过小学三年级，现在却在教二年级的孩子。"

当徐永光他们问到村适龄儿童的入学率时，校长算了算告诉他们只有 60%，巩固率更是小得可怜。正在上一年级的有 70 多名学生，而五年级却只有 7 名学生，照此推算，巩固率还不到 10%。

徐永光和调查组其他成员走访了几家供不起孩子上学的农家。其中有一家 4 口人，全家才一床破棉被。有一家 6 口人，只有 4 只碗，其中一只还缺了个大口子。

金秀是个山清水秀的好地方，但文化落后，种田也不太讲究科学，水稻亩产量只有 50 多公斤。

徐永光问村长为什么不推广产量高的杂交水稻。村长苦着脸告诉徐永光说，上头也要求种杂交水稻，村里却说种了几辈子地了，没听过什么杂交不杂交的，县里发给了一些杂交良种，好些人都拿来熬粥喝了。

临走前，徐永光本想拍一些照片，遗憾的是那天相机出了故障，没拍下来。

然而，大瑶山、共和村，还有那些在寒风中读书的孩子们，却令他难以忘怀。

后来徐永光回忆说：

> 1986 年，我在广西少数民族地区两个月的调查，使我对贫困地区的经济社会发展状况，特别是农村基础教育极端落后的状况有了直接

的深切的认识。可以说，"希望工程"创意的源
头在广西的大瑶山。

会议室里的郗杰英也默默无语，沉浸于回忆中。

之前，郗杰英曾作为中央国家机关赴吉林省讲师团
副团长在吉林工作了一年。在贫困的山区里调查，他深
切地感受到文化的落后和群众对于教育的渴求。

有一次，到四平伊通县山区，正逢老百姓为在农村
执教 28 年的老教师刘深懋送葬。自发组成的三四千人的
队伍，长达五六里地。

人们举着巨幅挽联，上书：

一本教案、一支卷烟、一片深情，五十一
岁清白为人，一生何求多富贵；

两间茅屋、两千弟子、两袖清风，二十八
年耕耘桃李，平身已是不贫穷。

与其说这是一副挽联，不如说这是贫困山区的人民
对教师的礼赞、对教育的呼唤。

李宁、杨晓禹也都曾经在基层工作过，在农村考察
过。不久前，他们还去位于太行山区的河北省涞源县考
察。那次考察，越想就越叫人感到心情沉重。

在桃木疙瘩村，面对那间已经是人走房空的破教室，
纵然是铁石心肠，也不禁潸然泪下。

从韭菜山下来，张胜利、吕成山等 11 名失学少年的哀求声一直在耳旁回响着："叔叔，我们想上学，我们想上学！"

…………

4 个人的目光交汇在一起，他们一致认为：当务之急，就是应救助贫困地区那数以百万计的因家庭贫困而失学的少年儿童！

目标确定之后，郗杰英提议给这个救助项目起个名。

可什么样的名字才能更具有号召力，更具有影响力呢？几个人在一起商议，你一句，我一句，提出很多名字，"精卫计划""爱心计划""桃李计划""振兴计划"……但都不太理想，好长时间名字定不下来。

由于意见一直不能统一，徐永光他们就暂时把起名的事放下，分头下去调查。

回来之后，他们写出了一个宣传提纲，提纲上写的名字是"春雨计划"，是郗杰英的意思，寓意救助工程就像"春风化雨"般给孩子们带来希望。

但徐永光认为这个名字还不太理想，建议先别发，想想再作决定。

为这事，徐永光天天想，夜里辗转反侧，夜不能眠，甚至翻起了《辞通》和《资治通鉴》。

在一天夜里，忽然，他的脑海里蹦出了"希望"这个词，多闪光的一个词啊！孩子们是祖国的希望，教育是人类文明的希望，我们的这项事业也充满着希望，为什么不叫"希望计划"呢?

第二天,当徐永光把自己想到的"希望计划"说给大家时,大家都说好。

徐永光拿过写着"春雨计划"的宣传提纲清样,用钢笔圈掉"春雨",填上"希望"。

郗杰英接过改过的清样,沉思片刻,说道:"叫'希望计划'还不如叫'希望工程',这项事业既充满着希望,同时又是一项艰巨的工程。"

"'希望工程',太好啦!"办公室的其他人都鼓起掌来。

在团中央的书记处会议上,基金会常务副理事长刘奇葆,向全体书记介绍了"希望工程"的构想,提请书记处批准。

没有异议,大家一致通过!团中央书记处批准:

**在全国实施"希望工程"。**

# 宣布实施希望工程

1989 年 10 月 30 日，以刘延东为理事长的中国青少年发展基金会在北京召开新闻发布会，向海内外庄严地宣布：

> 为长期救助贫困地区品学兼优而因家庭困难失学的孩子重返校园，将建立我国第一个"救助贫困地区失学少年基金会"，实施"希望工程"。
>
> "希望工程"旨在集社会之力，捐资助学，保障贫困地区失学孩子受教育的基本权利。这是一项着眼未来、造福后代、发展我国基础教育的伟大工程。

当天的新华社发表报道称：

> 这家基金会将本着取诸社会、建立基金、公诸社会、造福孩子的宗旨，为促进贫困地区的经济发展，为提高我国青少年的文化素质作出贡献。

在新闻发布会上，刘延东理事长还宣布了救助贫困地区失学少年基金的具体资助方式和"希望工程"当时的工作目标。

失学少年基金的具体资助方式是：

（1）设立助学金，长期资助我国贫困地区品学兼优而又因家庭困难失学的孩子重返校园；

（2）为一些贫困乡村新盖、修缮小学校舍；

（3）为一些贫困乡村小学购置教具、文具和书籍。

"希望工程"当时的目标是：

经过三五年的努力，在国家重点扶贫县普遍设立"希望工程"助学基金，以提供助学金的方式，实现救助失学少年的目的。对少数确有培养前途，而家庭又特别贫困的中小学生提供特别助学金，支持他们继续深造，直至中学、大学毕业。

从此，在猎猎飘扬的旗帜上，写着中国青少年发展基金会的信念：

中国只要还有一名因贫困而失学的孩子，"希望工程"的崇高使命就不会结束。

# 二、 实施行动

● "希望工程" 却使这个极不起眼的小四合院
成为社会的一个热点，引来了中国乃至世界
的关注。

● 从观众席中走出一位穿着背带裤，头顶一只
青呢礼帽的演员，人们一下子便认出了他
——凌峰，台湾著名艺人凌峰。

● 南怀瑾先生为 "希望工程" 赋诗："一代江
山一代才，后生每况胜先前。艰难困苦多英
杰，珍重当来青少年！"

# 两位老太太献爱心

　　北京后圆恩寺甲一号，在中国青少年发展基金会成立前，它是一个极不起眼的小四合院。然而，"希望工程"却使这个极不起眼的小四合院成为社会的一个热点，引来了中国乃至世界的关注。

　　自共青团中央决定实施"希望工程"后，在这里，每天都在发出同一个呼唤：

　　　　请您为救助贫困地区失学儿童奉献一片爱心！献上一分一角十分爱，助我百万贫困失学儿童！挽救一个流失生，就是挽救一个未来；保住一个在校生，就是保住一个希望。

　　从全国各地、从海外汇来的一笔笔捐款，一封封信函，源源不断地送到这里。

　　基金会办公室的人说：

　　　　在基金会工作是幸福的，我们每天都沉浸在爱的漩涡之中，我们每天都能感受到灵魂在受到净化。

爱，是人类情感中最高级的一种情感。爱他人、被人爱，又被视为是人类文明程度的尺度。

有人形容这里是一架感情的天平，爱在这里获得了最重的分量；有人形容这里是一个检测站，时时在检测一个民族的素质……

在一个冬天，凛冽的北风呼呼地刮着。快到黄昏的时候，北风依然没有停下来，空气干冷干冷的。

一位 60 多岁的老太太走进了基金会的小院。她轻轻叩响了办公室的门。

"这里是那个基金会吗?"老人问了问。

工作人员热情接待了她："是的，大妈，这儿是中国青少年发展基金会。"

"是那个搞'希望工程'的基金会?"

"是的。"

老人知道没有找错地方后，缓了口气接着说道："那个叫张胜利的孩子，叫卿远香的孩子，实在太可怜了。这些年来，我有点存款，本来想留给 4 个儿女的。看了'希望工程'的广告后，觉得贫困地区的孩子更需要钱。今天，我是找你们来捐钱的。"

说罢，老人从怀里掏出一个尼龙袋，取出两沓用信封装好的厚厚的人民币。

基金会的会计帮老人点了点，一共是 1 万元。

大家都劝老人再慎重考虑考虑，人老了，子女又多，保不定有个急用什么的。

老太太平静地说:"我都想过了,我离休后,吃住用都有保障。子女们都大了,都有工作,生活也都有保证。想想那些山区的孩子,太苦了,钱你们收下,麻烦尽快转给他们,眼看下学期又要开学了。"

开收据时,需要写捐赠人的姓名,老人怎么也不说。

工作人员说,来捐款的都要留姓名,这是基金会的财务制度,再说也便于那些被救助的孩子给您写感谢信。

老人却说:"我不需要感谢,如果制度需要写,就写'一位老太太'吧!"

实在拗不过,工作人员只好在她的捐赠证书上恭恭敬敬地写上:一个离休的革命老人。

老人要走了,基金会要派车送老人回去,但被老人坚决地拒绝了。

基金会的全体工作人员站在门口目送这位不愿留名的老人,直到她的身影消失在凛冽的寒风中。

中国人民解放军总后五一幼儿园离休老医生李静,从报上得知了"希望工程"的情况。

春节,孩子们带着孙子、孙女、外孙女回家看望老人来了。李静把孙子李佳、孙女李蓓、外孙女刘扬扬叫到了身边,给他们讲贫困山区孩子的命运,讲张胜利,讲卿远香。当她讲到卿远香失学后,白天喂猪、砍柴,晚上拿出课本自学,在讲到卿远香在考卷末尾写上"我想上学"时,孩子们都哭了。

末了,李静说:"往年,过春节奶奶都给你们压岁钱；今年，不打算给了。咱们把钱寄给那些上不起学的小朋友，让他们也上学好吗？"

李佳、李蓓、刘扬扬眼里含着泪花，异口同声地说："好！"

李静把 40 元钱送到基金会，基金会用这笔钱救助了河北省完县的齐二敏同学。

齐二敏是个品学兼优的好学生，由于父亲双目失明，家庭生活难以维持，不幸失学。

1989 年 6 月 26 日，是李静的生日。老太太提前向儿子女儿打了招呼："今年过生日，别给我送什么东西了，你们想孝敬我，每人给点钱，我另有用场。"

李静把孩子们给的 240 元钱，加上自己凑的 40 元，共 280 元，冒雨送到了基金会。她对办公室主任说："我今年都 67 岁了，说不定哪天就突然死了。我想了想，决定不每年交一次了，索性把齐二敏小学连初中的学费都交给你们。如果到时我不死，齐二敏又考上高中和大学的话，我再接着供她。"

离休 10 年来，李静老人义务给 3000 多人治病，有些农村来的病人吃、住都在她家，连药费她都包下来了。

她每月离休工资 200 多元，自己省吃俭用，花个四五十元，其余的差不多都用来接济别人了。人家称她是"四乐老太太"：助人为乐，以苦为乐，知足常乐，自己寻乐。

# 李玉兰资助希望工程

她是新中国的同龄人，一生坎坷，受苦受穷，饱尝没有文化的痛楚。时值不惑之年，改革开放使她迎来了生命中的又一个春天，已经当了老板娘的她，富了不忘回报社会。"助教济贫"成了她生活中的一项重要内容。10多年来，她多次向"希望工程"奉献爱心，救助失学儿童近百名。

那是1990年一个严寒冬天的早晨，在蚌埠工商联大楼后面，挤满了围观的人群。大清早的，人们在围观什么呢？这时，闻讯赶来的居民组长来到这里，拨开人群一看，原来是一个用小被包着的弃婴！

居民组长很快将孩子抱回家，打开小被，原来是一个只有40天的女婴，身边有一张只写着出生年月的小纸条。已有两个孩子的她，决定收养这个女婴。

这个居民组长，就是充满爱心，常做善事的华照饭店的老板娘李玉兰。整整10年过去了，被她收养的女婴，现在已经是小学二年级的学生，聪颖可爱，深受全家人的喜爱。

说起李玉兰，还有那么一点传奇色彩。她原本有一个幸福的家庭，父亲是一个参加革命，经历过战争年代，从山沟里出来的老同志，解放后在上海工作。

50 年代后期，父亲回到山东农村务农，母亲带着他们兄妹 5 人在上海给人帮工、拾荒生活。到了 18 岁，经人介绍，李玉兰远嫁给浙江农村一个比她大 10 多岁的农民，谁知丈夫好吃懒做，还经常把她打得死去活来，连公婆都看不下去，劝她离婚。

已有两个孩子的李玉兰没有这样做，忍气吞声地同他生活了 10 多年。后来丈夫去外地做生意，因意外死去。

1989 年，沐浴着改革春风的李玉兰从浙江农村回到上海家里，不久便来到蚌埠一家小饭店里打工。勤劳朴实、少言寡语，还有她那不幸的身世，博得了饭店老板李华照的好感。

不久，居委会主任迟如美大娘便为他俩搭起了鹊桥。已是不惑之年的李玉兰，在婆家支持下，带着一双未成年的儿女同一直单身的李华照结合了。

婚后，夫妻感情很融洽。

结婚 10 多年，来自 3 个不同家庭背景的老少三代 8 口人的大家庭团结和睦，还被评为区"五好家庭"。夫妻俩凭着精明能干，本着顾客至上的原则，把个小饭店经营得红红火火。

"富了不能忘本"，李玉兰常常这样教育孩子们。对此，全家思想非常统一，那就是应尽力去回报社会。尤其对于没念过书、饱尝没文化苦头的李玉兰来说，让更多的孩子能进校读书学习，成了她一个沉甸甸的心愿。

● 实施行动

当"希望工程"这个震撼亿万人民心扉的字眼出现在新闻媒体上时，也牵动着李玉兰的心。有一天，她从电视里听到一个有关救助失学儿童的消息，她当即让丈夫记下了"希望工程"设在北京办事机构的地址，第二天便让丈夫寄去了600元钱。

一个月后，北京来信了，给她寄来印着她资助的内蒙古的两位学生详细情况的《希望工程救助卡》。不久，她又救助了山东高青县和安徽长丰县的两位辍学儿童，担负着每个孩子400元的学杂费。这些被救助的孩子先后给这位没见过面的好心阿姨写信，汇报自己的学习成绩，这使得李玉兰感到无限的欣慰。

1996年底，她又给居委会送去200元钱，要求再救助一名失学儿童。这次由区妇联牵头联系，将这笔钱用于资助一家特困户的孩子上学。

1997年初，李玉兰又给团中央寄了900元，要求再救助几名辍学儿童。

1998年清明节，她回到山东老家扫墓，在村子里看到7位五保户每月仅有5元钱的生活医疗费，于是她向村干部表示，给他们每人每月增加30元钱。

临走时，这些足不出户的五保户同村长一直把李玉兰送到村口。回到家后，李玉兰就把当月210元钱汇到村里。

后来，家乡郯城县的《郯城报》在头版以"捐款聊慰故乡情、滴水恩当涌泉报"为题，详细报道了李玉兰捐助家乡五保户的感人事迹。

后来，李玉兰听说要兴办民族幼儿园，她立即又资助了 500 元钱。

本街道不久前去世的老奶奶，是个贫病交加的孤老。生前，李玉兰经常为她送药送营养品，顿顿送饭，甚至花了 1000 多元钱为她赎回了抵押的私人住房。老奶奶逢人便说："我好福气，玉兰待我真像我的亲闺女呀！"

李玉兰还为素不相识的同病房的外地农村病员解决医疗费，购买生活营养品。

1996 年，安徽部分地区遭受洪水灾害，李玉兰闻讯后，当即拿出 500 元钱并买了 10 套衣服送到居委会。她又为蚌埠区一所中学，以工商联的名义，捐资 1000 多元，说要为"光彩事业"献上一片爱心。

"助教济贫"，已经成为李玉兰精神上的一种寄托和追求。为了能多救助一名失学儿童，她和家人节衣缩食、精打细算，平时有个头痛脑热、伤风感冒的从不进医院。

李玉兰本人患有糖尿病，贵重药品她舍不得用，尤其在小饭店的生意已大不如前的情况下，仍不改初衷，经常为"助教济贫"捐款寄物。

家乡的五保户仍按月收到李玉兰的捐款，可他们哪里晓得给他们寄钱的李玉兰的日子过得也紧巴巴的。

十几年来，接受李玉兰救助的失学儿童近百名，遍及全国 20 多个省、市和自治区，为此李玉兰花去近 13 万元。

　　李玉兰"助教济贫"竭尽全力回报社会的感人事迹，在蚌埠市广为流传。她家被评为"五好家庭"，她本人被评为十佳公民。

　　根据她多年的申请，经上级党委批准，李玉兰光荣地加入了中国共产党。

# 金正洪捐款希望工程

2000 年 7 月 18 日，是南京军区某部后勤部政工科干事金正洪向"希望工程"捐款 10 周年的日子，是一个值得他自豪和纪念的日子。

提到金正洪，不少有心人可能还记得这个闪光的名字。20 世纪 90 年代初，这个名字曾在神州大地上回响激荡，让无数的中华儿女为之振奋。新华社、《人民日报》、《解放军报》、中央电视台、中央人民广播电台等全国主要新闻媒体，都在同一天以头条的形式报道他乐做太阳的"一缕光"，传播精神文明的动人事迹。

辉煌过后，他没有在鲜花和赞扬声中陶醉，仍默默地走在奉献社会这条坚实而又漫长的道路上。

钱款一次一次寄出，汇款单一张一张增加，摞起厚厚的一叠，一数，整整 128 张。这 128 张汇款单就是他在奉献路上留下的 128 个不寻常的脚印。

1990 年 7 月 16 日，一个平常的日子，金正洪无意中在电视上看到一部纪实片，反映的是我国甘肃、宁夏贫困地区不少儿童因交不起十来元的学费，而含泪背着书包回家放羊放牛的事。孩子的泪引出了金正洪的泪，他坐在电视机前泪水长流，久久不语。

回家的路上，他的脑海里一直闪着孩子的泪眼、泪脸，他们多么需要社会伸出援助的手啊！他思考得太入神，走着走着，一不小心撞上了电线杆，血顺着额头流下来，浸红了他的白衬衣。但他似乎没感觉多少疼痛，迎着人们诧异的目光，大步赶回家去。

妻子宗颖见到丈夫胸前一片殷红，马上要送他去医院，可金正洪一摆手："一点皮外伤，没事，先跟你说件急事。"

金正洪说到了西部贫困地区孩子失学，说着说着，一个大男人竟又禁不住落泪了。妻子知道他是一个要强的人，当年她就是在丈夫学雷锋无私奉献，女朋友接连吹灯的情况下，勇敢地来到他的身边的。婚后，夫妻俩夫唱妇随，心心相印，乐做一对无私奉献的"傻子"，被人称誉为"雷锋夫妻"。

当即，宗颖把家里仅有的 100 元存款送到金正洪手中，那是她准备添置衣服的。"去吧，这事我支持，让失学孩子企盼的眼睛得到温暖的回应，这是社会上每一个人都应该做的！"金正洪顾不上包扎伤口，攥着 100 元赶到邮局，向"希望工程"寄出了第一笔汇款。

宁夏西吉城关小学二年级学生张伟，因为交不起学费准备回家了，这时，金正洪的汇款到了。从此，他不仅重回明亮的教室，还多了一位对他百般呵护的叔叔。

幼年因父母离异，随母生活不久又遇上母亲改嫁的张伟，只得与 80 多岁的姥姥共同生活在一起。贫困，使他的童年少了应有的灿烂，加上父母离异使他产生了自卑的心理，性格上与其他孩子格格不入。这次面临失学，又给他心灵上重重一击，他的精神快要崩溃了。

金正洪寄给中国青少年发展基金会的汇款到了，同时一封热情洋溢的信也到了。另外，金正洪还直接寄了100元，还有日记本、钢笔等。

信中暖人的话语蹿进了张伟那幼小、冰冷的心灵：

> 不要抱怨你的父母，不要责怪你的同学，只要你学到知识，去做对社会有用的人，你会发现周围一切是多么美好。只要你读书有进步，我会尽力帮助你的……

落款是：一个远在千里之外关注你学习进步的解放军战士。

张伟不负金正洪的期望，当年的成绩迅速上升，成了班里的学习尖子。金正洪更高兴了。冬天，他担心西北天气寒冷，给张伟寄去棉衣、棉帽、棉鞋；夏天，他又买来解放鞋和衬衣寄去。一年四季，江苏徐州——金正洪所在部队的驻地，宁夏西吉——张伟所在的小学，结成了一道看不见的联系热线。

1998 年冬，金正洪从张伟的来信中发现，孩子的情绪趋于低落，对读书的欲望减退，金正洪急了。他请假专程来到了张伟家。张伟的姥姥禁不住泪流满面："你与俺们无亲无故，对小伟这么好，叫俺咋谢好呢？"得知张伟在学校里受人欺负，有的学生说他是没爹娘的孩子，他心里受到了很大的刺激。

金正洪心急如焚，顾不上休息，找到张伟的母亲，又去了张伟的学校，请老师和他的亲人与他一道，多给孩子以温暖。

经过他的努力，张伟幼稚的脸上又露出了舒心的笑。

看似一张小的汇款单，背后写满了数不清的故事。

无偿献血铜质奖、银质奖、金质奖、金杯奖……他成了全军无偿献血次数和数量最多的第一人；有关部门一次次颁发的营养补助，他舍不得花一分，全部都化成了一张又一张的汇款单。

1989 年 12 月，金正洪首次参加驻地无偿献血。

开始每年一次，后增加到每年两次。他得了无偿献血铜质奖，血站给了他 200 元补助，他一转身到邮局换回了一张汇款单。第二次得了银质奖，血站又给了 250 元补助，他又寄给了"希望工程"。第三次，血站得知后，只好把部分补助换成奶粉、麦乳精等实物让他补充营养。金正洪到手后，又提着到军烈属家中。血站无可奈何，称金正洪是一个真正的无偿献血者。

东海县李埝林场学校的两个孩子受到金正洪的资助。学校免去了孩子的费用，把金正洪的捐款用于购买图书，连同金正洪平时寄出的课外读物累积起来居然有 1800 册之多，于是专门辟出教室，挂出了"正洪图书馆"的牌子。

校长在挂牌仪式上说：

　　这是我校历史上第一个以个人的名字命名的图书馆，而他来自数百里之外的军营，让我们以特殊的方式，向关心教育事业的解放军战士鞠躬致意。

那是 1995 年的夏天，金正洪的家乡——浙江省义乌市，有关部门要编写一部有关义乌籍儿女在全国各地大展身手，为家乡人民争光的书籍，金正洪根据稿约，把自己的经历写成了一篇数千字的稿件寄了出去。

不久，他意外地收到了 200 元的稿费。这一收获让他的思维闪起了火花：何不走业余写作之路，为"希望工程"开辟一条稳定的捐资来源。

说干就干。那一段时间，金正洪放弃了节假日，几乎把业余时间都用到了写作上。开始寄出去的稿件大多石沉大海，但也有发表的。慢慢地，有了一笔笔稿酬，有的只有几元、几十元。但金正洪都十分珍惜地攒起来，等差不多了再汇走。

金正洪以前是专业军士，工资也就 100 多元，常常一笔汇款寄出后，家中吃饭成了问题，有时不得不到岳父家"打秋风"。提干后，工资提高了，但需要赡养年迈多病的父母，妻子一度下岗，家里需要开支。可是他在个人生活上是能少就少，能省则省。

孩子 4 岁时，听别的小朋友说公园里可以看动物，可以玩碰碰车，就缠着金正洪带他去。他开始倒是答应了，可听说一次游园要花数十元，便说什么也不去了。孩子从 4 岁念叨到了 8 岁，最后是家中亲友看不下去了，自告奋勇掏钱带孩子去，这才替他这个做父亲的还清了这笔感情"欠账"。

7 月 12 日，金正洪把累计的 1056 元稿费，一次交给徐州市团委"希望工程"办公室，希望同时资助几名失学儿童复学。他说："我对'希望工程'资助的力度在加大，步伐要加快，'希望工程'的大厦需要更多的人，更多更快地去添砖加瓦。"

据不完全统计，金正洪自 10 年前向"希望工程"捐款 100 元以来，现已捐资 128 笔，捐款达 7780 元。这个数字在某些人看来，似乎没有什么了不起，但对于金正洪来说，却渗透着一片虔诚的心血，它给无数孩子的生活带来了灿烂的阳光。

# 两岸艺人举行义演

1991年10月25日，这是个不同寻常的日子，"希望工程"百场义演——《同一个希望》大型文艺晚会，在山东济南揭开帷幕。

人们像潮水般涌向灯火辉煌的市体育馆，馆前两个庞大的彩色气球腾空而起。在彩球的下方，悬挂着两幅巨大的标语：

同是一重天，同在一家园，同为我后代，同心结同爱

祝贺希望工程全国巡回义演隆重开幕

馆内，面对主席台一条横幅上的8个大字引人注目：

为了孩子，为了未来！

19时整，馆内的灯光慢慢变暗，一群少年儿童手持蜡烛，缓缓登场，组成了象征着幼苗和希望的图案。

希望是绿色的小苗，

希望是幼稚的小孩，

> 希望是爱心一片，
>
> 希望就在明天……

满含纯真希冀的童声合唱《希望》，把观众们带入晚会主题"同一个希望"的庄严而又充满温馨的艺术氛围。

大陆青年演员解晓东、杨丽萍、田震、范琳琳和台湾著名歌星潘安邦联袂登台，使晚会气氛活跃，高潮不断。

一曲《小丑》的旋律响起，观众们和灯光师一起在寻找演员。此时，从观众席中走出一位穿着背带裤，头顶一只青呢礼帽的演员，人们一下子便认出了他——凌峰，台湾著名艺人凌峰。

大家肯定还记得 1990 年中央电视台的春节联欢晚会，一个剃着光秃秃的脑袋、脸上带着无尽沧桑感的台湾艺人，头一次出现在大陆的荧屏上，使人们真真切切地感到海峡两岸的距离缩短了。

> 是多少磨炼和多少眼泪，
>
> 才能够站在这里。
>
> 失败的痛苦，
>
> 成功的鼓励，
>
> 有谁知道这是多少岁月的累积？

发自真情实感的《小丑》，被观众评为"最喜爱的晚

共和国故事·希望之光

会节目"。凌峰以他自然、实在、随和的情感双向交流，赢得了观众的好评，以他的智慧征服了观众。

凌峰自从闻悉中国青少年发展基金会所实施的"希望工程"，他的心就被触动了。他觉得这是攸关民族大业的"工程"，是个跨世纪的"工程"。

热血男儿，岂有不为民族前程出力之理？凌峰首倡组织"希望工程"百场义演，将所筹资金全部捐献给辍学少年。中国青少年发展基金会专门设立"海外爱心基金委员会"，请凌峰担任主任。

凌峰曾对人动情地说："我好像在'希望工程'中找到了自己的归宿，我要把后半生全部投入到'希望工程'中去！"

凌峰的义举得到了社会各界的支持，在海内外引起了广泛的反响和热切的关注。山东的首演活动取得了完满成功。一个月后，凌峰一行又移师兰州。

一曲歌完，当全场观众还沉浸在《三百六十五里路》的旋律中时，凌峰缓缓地走向中场，他说：

现在，我给大家讲一个真实的故事：在我们省康乐县虎关乡高集村有个叫马义梅的小女孩儿，10岁了，马义梅还没上学，她对爸爸说："阿大，我想上学。"爸爸叹了口气，说："孩子，咱们家穷，交不起学费。"为了挣钱交学费，马义梅到村口砖窑厂去搬砖，从窑内搬到院外，搬12块给1分钱。她人小，一次只能抱4块，搬3次才能得1分钱。搬呵搬呵，马义梅的手指搬肿了，瘦弱的腰搬弯了。那天，她双手捧着一大把硬币，跑到学校，兴冲冲地对老师们说："老师，我有钱交学费了！"几位老师1分分帮她数着数着，一共是8角5分钱……

正说着，凌峰流泪了。偌大的体育馆，此刻却静得连一点声音都没有。

"希望工程"像温暖的春风吹到了甘肃、吹到了康乐、吹到了高集村。经过"希望工程"的救助，马义梅已经走进了校园，再也不用去搬砖挣学费了……我高兴地告诉在座各位，今晚，马义梅也来了，就在晚会现场。

一束光打到了贵宾席上，凌峰走到马义梅跟前，他把话筒递到她的嘴旁，想让她说几句，可马义梅早已泪流满面，激动得不知说什么好……

场上爆发出雷鸣般的掌声。没有任何一种宣传比这更直观、更广泛、更有效、更有感召力。

每一张门票都代表一份爱心，每一位观众都和这些热心的人一起，把满腔热情留在这里，把一片热心撒向人间，撒向未来。正如晚会节目主持人所说：

他们为了同一个希望走到一起，

他们希望，

希望在同一片蓝天下，

同一块黄土地上，

让每一个孩子都上学。

他们希望，

希望能有那么一天，

没有一个孩子因贫困而徘徊在

校园之外。

　　温州、深圳、西安……凌峰用他的那颗爱心在兑现他的诺言……

　　"中国人帮中国人，救孩子就是救中国!"

# 港澳爱心连成一片

实施"希望工程"的消息传到香港，一向热心于在内地投资兴教助学的香港同胞又一次伸出援手。

1992 年 4 月 16 日，著名电影制片人施南生首先在港岛发起"希望工程——人人有书读助学计划"，以响应内地的"百万爱心行动"。

演艺界姜大卫、李琳琳、张正甫、萧芳芳、张艾嘉、梁家辉、沈殿霞、刘天兰、郑丹瑞、李家鼎、施明等带着他们的孩子参加了新闻发布会。

梁家辉觉得"希望工程"是一件很有意义的事，捐出的钱虽是个小数目，却可以让那些失学的孩子享有平等的机会接受教育。将来两地孩子相互联系，又可以增进友谊、加强了解。他支持这件事，并代表将要出世的孩子捐了钱。

"肥姐"沈殿霞带着女儿欣宜来了。她表示，即便以后和女儿到国外，仍然也会支持"希望工程"，她特别赞同女儿与内地的小朋友通信。

施南生告诉记者：

> 原来的助学口号是"一个帮一个"，但来参加招待会的演艺界朋友每人都认捐了好几位孩

子，光林青霞一人就救助了 10 名。所以，我们又临时改为"人人有书读助学计划"。

第二天，一辆"希望工程"宣传车载着演艺员，穿梭港九所属各区，向市民发放捐助表格。

成龙、周星驰、张学友、张曼玉等著名影视歌星也走上街头，在闹市劝捐。

1992 年 5 月 30 日晚，张学友在香港体育馆举办"满怀希望音乐会"，为"希望工程"筹资。

演唱过程中，每隔一段时间，馆内的大荧幕上便展示一幅幅内地失学孩子的照片。那一双双饥渴的目光，那一间间破败的教室，令人心颤。

唱罢《太阳星辰》，张学友走到观众席中："在内地，每年有 100 多万小弟弟、小妹妹因交不起学费而失学。而我们只要捐出 300 港币，即可让一名孩子读到小学毕业。现在哪位歌迷只要捐上 300 元，即可点唱任何一支歌曲，如果我唱不出来，我甘愿捐出相同数目的助学费用，谢谢！"

歌迷们兴致特别高，分别点了《可喜也可悲》、《一颗不变心》、《梦里边缘》、《梵音》和一首英文歌曲。

音乐会共筹得捐款 150 万元港币。截至 2002 年 6 月底，香港各界总筹款已过 2000 万元。

澳门也掀起了扶贫助学热潮。澳门公职人员协会发表"致全澳公务员书"，呼吁全体会员本着"幼吾幼以及

实施行动

人之幼"的爱心，为造福失学儿童尽一份心。

澳门中华教育会发动各校师生、家长参与"希望工程"，捐款数字直线上升。

澳门胡氏集团总裁胡顺谦 6 月 8 日认捐 50 万元，希望将这笔款项用于为贫困山区修建一所学校。商人何华添亦捐资 10 万元。

2002 年 6 月至 7 月，澳门资深青商协会和大众报社运用多种形式，向澳门同胞宣传"希望工程"的重大意义，动员各界人士向祖国的失学少年献爱心，在短短的两个月内筹集捐款 660 余万港元。它可使 7000 多名失学少年重返校园，同时资助建设 11 所希望小学。

同根同胞，都呈现出唇齿相依、休戚与共之情。

著名学者南怀瑾先生多年来一直关心着海峡两岸的教育事业。他对旨在救助失学少年的"希望工程"非常赞赏，特捐资 5 万美元。

南先生为"希望工程"赋诗一首：

> 一代江山一代才，后生每况胜先前。艰难
> 困苦多英杰，珍重当来青少年！

他表示要动员在海外的学生共同出力，为振兴中华民族的教育事业尽自己所能。

2002 年 4 月 22 日上午，国际释迦文化中心主席郭兆明先生和电影《似水流年》女主角顾美华小姐，在北京

向"希望工程"捐款 10 万元港币。

在中国青少年发展基金会举行的捐款仪式上，郭兆明用几千年前释迦牟尼的巴利语做了长达 5 分钟的祝福仪式。他祝福中国国家强大、人民幸福、经济发展。他希望海内外宗教界多关心下一代的教育问题，他说：支持"希望工程"，就是爱心和慈悲心的最好体现。

台胞杨正雄先生、许玛玲女士和潘维刚小姐，在贵州省独山县基长镇捐资兴建"希望小学"。为了感谢台胞的义举，基长镇镇长宣布授予杨正雄先生、许玛玲女士、潘维刚小姐和凌峰先生为基长镇荣誉村民。

台湾英业达股份有限公司董事长叶国一先生捐赠 10 万元人民币，在四川省宣汉县花池乡兴建"希望小学"。

台胞林昭南、叶朋寿、李金龙捐赠 50 万元人民币，分别在山东省平邑县、福建省永定县兴建了两所"希望小学"。

在平邑县"希望小学"的奠基仪式上，徐永光秘书长动情地说："台湾的艺术家、企业家们不远万里到了我们山区县，他们不辞劳苦，不仅出钱，而且出力。这是为什么？是因为他们有一颗爱心，这是一种饱含人间真情的伟大的爱心。他们为我们捐资助学，还出于这样一种信念：就是我们中国要真正强大起来，我们的孩子必须受到良好的教育。少年强则国强，只有这样，中华民族才有希望，才能巍然屹立于世界民族之林。我们接受他们这样一种期望，即一定要把希望小学建设好。在提

实施行动

高教育质量，加强教学管理方面，在培养一代开拓未来的人才方面下功夫、做文章。"

2002年7月初，香港爱国人士凤飞飞女士、赵宏琦先生为"希望工程"捐款60万元人民币，资助援建3所"希望小学"。这是当时海外同胞捐资援建"希望小学"数额最大的一笔捐款。

凤飞飞女士是一位深受内地民众喜爱的香港歌星，和许多香港爱国同胞一样，她一直希望为祖国的腾飞贡献一份自己的力量。在捐赠仪式上，凤飞飞女士表达了她对"希望工程"的赞赏和良好祝愿。

由香港工会联合会及香港教育工作者联会共同发起的"'希望工程'重返校园助学计划"，经过几个月的筹备于7月12日宣布正式推行。这项助学计划将采取多种形式筹款，帮助内地贫困地区的儿童就学。

# 实施百万爱心行动

随着"希望工程"的社会影响不断扩大，参与和支持"希望工程"的有识之士日益增加。许许多多的捐赠人并不满足于间接的捐款资助，希望采取一种更直接的方式，与失学少年建立联系，给予定向资助。

江苏盐城 86189 部队张继军给基金会来信建议：

> 希望由你们牵线搭桥，使每一个愿帮助失学孩子的人找到自己想直接帮助的对象。这种做法容易使人产生成就感，也容易调动人的积极性，并使捐助者在心灵上产生很大的慰藉。

基金会的组织者们也清醒地看到，虽然两年来"希望工程"已产生广泛的影响，但被救助的失学儿童不过近 4 万人。这个数字相对于每年的失学儿童数，实在是微乎其微。要救助千千万万个张胜利、江峰、卿远香那样的失学少年重返校园，必须动员更多的民众，人人奉献一片爱心，携手共筑"希望工程"。

于是，他们决定开展一项"百万爱心行动"，动员百万人，救助百万失学少年！基本做法是，由每一个捐款者直接与被捐助者结成对子，直接联系，直接支援。

1992 年 4 月 15 日，中国青少年发展基金会在京举行新闻发布会，宣布从即日起在全国实施"希望工程——百万爱心行动"计划。

这项行动旨在动员更多的人参与"希望工程"，尽快使我国因贫困而失学的儿童享有受教育的基本权利。

4 月 16 日，新华社、《人民日报》、中央电视台、中央人民广播电台、《中国青年报》等首都 15 家新闻单位以及海外新闻机构，均以头条新闻报道了这一消息。

当时的媒体报道称：

> 实施"百万爱心行动"正是适应了"希望工程"的这一特性。这一活动的具体内容是通过广泛地宣传动员工作，让更多的人了解"希望工程"，通过基金会和各级团组织的牵线搭桥，让捐赠者（个人或集体）与失学孩子结对挂钩，建立直接联系，定向资助至小学毕业。这一行动计划的推出，将使"希望工程"进入一个新的发展阶段。事实上，实施"希望工程"以来，中国青少年发展基金会不断收到要求与失学少年直接建立联系、给予定向资助的来信，为满足广大捐赠者的这种愿望和要求，基金会才决定及时推出这一行动计划。

从这一天开始，在海内外产生强烈反响的"百万爱心行动"拉开了帷幕。

北京后圆恩寺甲一号，又一次成为爱心融会的热点。

基金会专设的两部热线电话，从 9 时开始便响声不断。

"中国青少年发展基金会吗？我是邮电工业总公司的……哦，不必问姓名了，就算是一名普通的职工吧。我们这里刚刚收到《人民日报》，看了介绍'希望工程'的消息和广告，心里很不是滋味。真没想到还有像江峰、王翠华这样贫困的孩子……这样吧，我马上给你们汇去 200 元，请帮助选一名失学的孩子，我包他小学五年……"

"……我刚刚做了孩子的妈妈，我想以我刚出生 3 天的女儿的名义资助一名失学孩子，最好是女孩子，我的小女儿叫欧阳李瞳。我是这么想的，我们这个世界应该多一些爱，我想从小培养女儿的爱心……"

"……基金会吗？我是广州的长途电话，对，我在一家合资企业工作，我们的下一代需要文化，将来的社会要靠他们出来竞争，我资助三名孩子，一包到底！"

"……感谢你们，你们做了件功德无量的事。我们全家商量好了，救助一个孩子，以后他（她）就是我们家庭的一个成员……"

辽宁、黑龙江、江苏、江西……

工人、干部、退休老人、解放军战士……

每个电话都热切地表达着一个共同的心愿：为了孩

子，为了将来，拿出一点钱，奉献一份爱！

第一个赶到基金会捐款的是北京中医学院卫生管理系的青年教师刘新社，他也是刚刚看到报纸便急匆匆地赶来了。

他将200元交给工作人员，说："我老家在陕西，过去上学也是非常艰苦的。我救助一名孩子，一方面是对失学孩子的心意，同时也是对家乡的一点心意。我有个正在上小学四年级的女儿，你们最好帮助选择一名失学的女孩儿，让她们结成对子，互相帮助，共同成长！"

在农业部，刘中一部长开完会走进办公室，拿起桌上的《人民日报》。看着看着，他的眉心皱了起来，当即拿出200元，让秘书送到了基金会。

在国家工商总局，一位副局长，他本人不愿透露姓名，也是在看了报纸后，将刚刚收到的1000元稿酬，全部捐给了孩子们。

北京同仁医院的一位退休老人，在儿媳和小孙女的搀扶下，急切地赶到基金会。他说："看了报纸的宣传和广告，我相信你们是真正为那些上不起学的孩子办事的。这2000元捐给'希望工程'助学基金，不需结对子；这200元是我小孙女捐的，她希望和一名失学的女孩子做朋友，让她也了解了解贫困山区的小朋友们是怎样生活、学习的。"

北京化工学院的一位老教师，找到基金会，交给工作人员一个信封便走了。大家打开信封一看，里面竟是

一条金光闪闪的项链。老教师在留下的纸条上说:

> 这是我父亲留下来的唯一一件遗物,现赠给你们,以解失学少年的燃眉之急。

捧着这条沉甸甸的金项链,大家像是捧着一颗金子般的心。

朝阳区三里屯百货商场的女职工白淑舫,下班时把《人民日报》带回家,刚进门,她就对丈夫关晓安说:"你快看看今天的报纸。"

关晓安说:"我在单位已经看过了。"

夫妻俩连饭都顾不上做,便你一句我一句地说了起来:"知道贫困山区比较穷,但没想到会穷到这种地步。"

"那些孩子太可怜了,他们一耽误可是一辈子的事儿。"

"大别山那个失学的孩子叫什么来着,对,江峰,和咱们的儿子关峰就差一个字儿。江峰失学后把最后一次寒假作业一连做了3遍,流着泪对老师说:'您以后再也不能给我批改作业了!'越是穷孩子,学习越刻苦。唉,太可惜了!"

"你说咱们该怎么办?咱们也救助怎么样?"

"我也是这么想的。"

他们先是准备救助1名,后来又决定救助5名。第二天一大早,白淑舫跑到银行,把家里的全部存款1000

元取了出来。

其实，他们家的日子过得并不富裕，特别是关晓安的母亲刚刚去世，家里正是需要用钱的时候。

白淑舫骑着自行车，一路打听，风风火火来到基金会。她面对接待的工作人员，说着说着忍不住流下了泪水。她选择了 3 名四川失学儿童和 2 名安徽失学儿童，她说："前几年婆婆瘫痪在床，请的都是四川和安徽的保姆，那些地方特别穷。"

4 月 17 日下午，在北京火车站，由团中央直属机关、新华通讯社和北京铁路分局三家团委联合举办的"希望工程——百万爱心行动"义务宣传日活动，像一块磁石似的吸引了南来北往的旅客。

第一个走到宣传台前的是来中国旅游的美国加州伯克利高中的退休女教师，对"希望工程"开始她不太明白，经翻译解释后，她兴奋地说："你们搞的这项'工程'太好了，我也出点力吧！"说着从钱包中抽出 10 元钱投入捐款箱。

之后，她又取出录像机，说："我要把你们的活动录下来带回美国让学生们看看。"离去时，她嘴里还不断地重复着刚刚学会的"hope 希望，希望 hope"。

一位农民打扮的老汉走到捐款箱前，塞进 5 元钱。宣传员请他留下姓名，他摇了摇头，说："我是安徽凤台县的，去年发大水，家里的房子冲了、地冲了，是政府和好多好多的好心人给我们送来了救济粮、救济款，帮我们盖了房子。现在，你们又在为我们的孩子上学操心，我出了这么点儿力，还留啥名字？"

"我捐两块钱行吗？"一位十七八岁的姑娘怯生生地问宣传员。宣传员告诉她，钱多钱少都是一片心意。姑娘取过一份宣传品，对宣传员说："我们贵州老家特别穷，我到北京来当保姆，家里的弟弟妹妹还指望着我挣钱回去供他们上学呢。我们村有好些孩子念不起书，这下他们有指望了。"

中日青年交流中心的 10 位礼仪小姐站在入站口，不停地向旅客们分发宣传品。

一位老同志接过宣传品说："'希望工程'特别得人心，我们单位好些人都捐了款。"

候车大厅里，人们拿着登有邓小平为"希望工程"题词的报纸和宣传品，互相传阅。

百万爱心行动还在继续。

大江南北，长江内外，到处可以看见情的赞歌、爱的义举！

# 八旬老翁捐助贫困生

　　山东省青州市离休教师王金林一生清贫，却用微薄的退休金救助了 27 名贫困学生。

　　1992 年，77 岁的王金林从自己订阅的《半月谈》上第一次看到"希望工程 1＋1 结对救助办法"。

　　王金林把这则公益广告翻来覆去看了几遍，内心颇不平静。作为一名离休教师，他更了解中国的教育状况。

　　广告上说 200 元可以资助一个学龄儿童上完小学，可王金林当时的工资才 100 元出头，实在是心有余而力不足啊！好在可以一学期 20 元分着寄，王金林才松了一口气。

　　王金林急忙写信给北京"希望工程"办公室，询问结对救助的情况。信刚寄出，大女儿王立华回娘家，挺自豪地说自己刚刚参加了山东省青少年发展基金会发起的"百万爱心行动"，结对救助了沂蒙山区一个失学女孩子。

　　王金林听罢，暗暗下了决心：你救助一个，我就救助俩。他按女儿给的地址立即给山东青少年发展基金会汇去两个孩子一学期的学费 40 元。过了没几天，北京中国青少年发展基金会寄来了湖南省一男一女两个贫困学生的资料。王金林又给湖南的两个孩子寄去了 40 元。

王老先生有个养女名叫张惠珠，家在青岛。当年她作为上山下乡知识青年，得到过王金林诸多帮助，二人结下了深厚的感情。逢年过节，张惠珠必定来看老人家。1993年春节来看王老时，张惠珠提起自己也结对救助了一个失学孩子。

老先生听了心里热乎乎的：年轻人都这样关心社会公益事业，做长辈的更不能落后。张惠珠临走时塞给老人200元钱，王金林事后便以张惠珠儿子阳阳的名义捐给了"希望工程"。

自此，张惠珠每次给他的钱，他都一分不少地捐给"希望工程"。他常说："我不缺吃不缺穿，这钱给一个失学儿童，说不定就能改变他的一生呢！"

王老先生有7个子女，对他都很孝顺，孙子、孙女对他更是亲得不得了。自从王老先生和"希望工程"结缘后，这些从小衣食无忧的孩子开始了解了外面还有生活贫困而不能上学的同龄人。

1994年，小孙子王为要入学了，他一本正经地对爷爷表示也要给"希望工程"捐款。爷爷逗他："你哪来的钱啊？"孙子说："我过年的压岁钱一分也没花，攒着帮一个上不起学的小朋友继续上学。"

望着孙子稚气的面孔，王老先生感动得差点掉下泪来。他说："好孩子，你先攒着，这次捐助的钱爷爷替你出了。"于是，老人就以"纪念小孙子入学"的名义捐助了一位学生。

老先生的孙子、孙女、外孙、外孙女不少，甚至有了第四代，总不能替这个捐了，不替那个捐吧。于是，孙辈们上高中、参加工作，王金林都拿钱以他们的名义结对捐助。

后来，老先生捐助的"由头"更多了：每个第三代结婚，就捐助一个失学儿童；每个第四代出生，也捐助一个失学儿童。1995 年老人 80 大寿，儿女们要给他好好庆贺庆贺。老人说："吃了喝了不顶啥，把贺寿的钱捐助两个学生吧。"于是，儿女们孝敬他的钱，统统捐给了"希望工程"。

1997 年 7 月 1 日香港回归，长孙王晨恰是这一天结婚；养女张惠珠的儿子阳阳的生日，也是 7 月 1 日。王金林亲自跑到青州"希望工程"办公室捐出 800 元，又给中国青少年发展基金会汇去 800 元，以孙辈们的名义捐助了 4 名学生。

1999 年国庆 50 周年时，他给中国青少年发展基金会也寄去 400 元。北京回信说，"希望工程"现在改变办法，重点资助那些品学兼优的"希望之星"上完中学、大学，因而钱数也从原来每人 400 元提高到 600 元一学期。当时恰逢澳门回归，他又寄出 400 元。

老人的大儿媳徐玉臻说，公公不抽烟不喝酒，1 个月仅留下 150 多元的生活费。现在由于捐助的学生多了，所以常常预算超支，老人的生活费连 100 元也不足了。

物质生活清贫的王老先生，其精神世界十分丰富。

他有一个宝贝似的布袋，是大女儿用白粗布做的，上面一个个小口袋里装的是27个受捐学生的资料：中国青少年发展基金会寄来的收据及受捐人卡片、受捐学生来信、贺卡，以及照片。照片是老先生特别嘱咐孩子们寄来的，他为此单独寄去了照相的钱。

受王老先生资助的孩子们，在给王老的信里都叫他"亲爱的爷爷"。谈起这些，他便笑得像孩子一样。对这些天南地北的孩子，老先生怀着深深的感情。

青州市西南山区的刘洪玲，是和老先生离得最近的受捐人。那是他1996年捐助的一个初中生，当时每学期100元。1998年，刘洪玲考上了中专，每学期需要600元。刘洪玲的父亲精神失常，母亲残疾，弟弟还小。她感到实在无力支付学费，就动了辍学的念头。

王老先生得知后塞给她400元，学校里又减免她200元，刘洪玲终于踏进了中专的校门。

老先生又把自己的自行车送给她，嘱咐她好好学习，有空多回家看看爹娘，"少来看我"。明年开学的时候来一趟，拿明年的学费。

老先生对名利看得很淡很淡。2000年，他被授予"山东省希望工程捐助十佳个人"，省有关部门邀请他到省城济南参加颁奖典礼。他说："我老了，去一趟给省里添麻烦，还是省下钱来多资助几个失学的孩子吧！"

# 手拉手饱含人间真情

亲爱的李丹同学的爸爸妈妈：

昨天，我们在学校听了李丹同学的事迹：她在人生的最后时刻，还挂念着她的"手拉手"朋友谭英，给父母留下遗愿，继续帮助谭英同学。我听着听着就哭了，同学们也都泣不成声……您们虽然失去了李丹，但我们全班同学都是您们的儿女。

读着这封被泪水湿透的信，含着泪水的夫妇默念着：好女儿，你没有走，你永远陪伴着我们。

1994年，江汉石油管理局团委组织全局10所学校与巴东县大支坪乡10所学校结成"手拉手"联谊学校，并开展了救助失学少年重返校园活动。

或许是一种缘分，周矶第二小学刚上二年级的李丹和水洞坪小学的谭英从此拉起了友谊之手。谭英比李丹大7岁，父亲去世多年，全靠母亲抚养3个姐妹，生活非常困难。李丹在给谭英的信中说："谭英姐姐，你千万不要退学，有困难我帮你。"

从这天起，李丹就感到自己身上多了一份责任。她天天惦记着谭英，每月要给谭英写一封信，鼓励她。每当新学期开始，李丹便将自己积攒的零花钱寄给谭英。

1995年10月，谭英有两个月没有来信，李丹急得天天问妈妈："谭英姐姐怎么还不回信？"她又连写去两封，还是不见音讯。这下李丹坐不住了，她抱着妈妈哭："谭英姐姐一定有什么事，你带我去看看她吧！"

爸爸见李丹哭得伤心，就安慰她："你要上学，过几天，我替你去看谭英姐姐。"

爸爸动身的那天，李丹找妈妈要来压岁钱存折，一下取出500元递到爸爸手中，反复交代说："如果是姐姐家里出了事，就送给她家里；如果是她退了学，就送她到学校重新上课。"

果真，两个月前，谭英不小心烫伤了脸，由于无钱医治，只好用菜叶贴着，如今正流着脓水，面部溃烂，准备退学了。李丹的爸爸觉得女儿的500元钱还不能解决谭英的困难，又发动同志们给谭英家捐款。

一个月后，伤愈上学的谭英给李丹回信说："要不是妹妹一家，要不是油田的亲人，我的脸不知烂成什么样子。"李丹收到信，蹦蹦跳跳逢人就说："我的谭英姐姐又上学了。"

有一次，李丹对爸爸说："我以后不吃零食，不乱花钱，省钱给谭英姐姐上学。"

李丹爸爸心里清楚，她是怕父母心疼钱，就说："你支援'希望工程'，给贫困地区的同学送温暖，就是把咱家搬去也情愿。"这一次，李丹又和妈妈一起给谭英寄去一大包东西，有新羊毛衫、旅游鞋，还有一套文具。

没想到，谭英家祸不单行。1996 年 7 月，谭英家又失火了。李丹得知后，催着妈妈快点给谭英家寄衣服、寄被子。她想到自己的小钱罐里还有钱，又寄去 100 元。这样，李丹一家给谭英捐赠钱物达 2000 多元。

对谭英姐姐，李丹牵肠挂肚，对整个巴东的小朋友们也表现出一片真情。有一次，学校发动学生每人捐大米，她回去背米，妈妈说："现在下雨，集市没有米卖，我们家只剩 8 斤米了，留 3 斤做几顿饭。"

李丹噘着嘴说："5 斤太少了，你看巴东的同学天天吃红薯、土豆多难受呀！"说着，把家里仅有的米都提走了。之后，李丹只好一连两天和妈妈在街上吃面条。

自从开展"手拉手"活动后，李丹好像突然长大了几岁，特别懂事，自己也常说："我要努力学习，与谭英姐姐比一比。"

李丹的各门功课在全班都名列前茅。有一次，语文老师上课声音发哑，下课后，李丹走过去低声问："王老师，你病了吗？吃块糖就好了，这是我们家最好吃的糖。"说着，悄悄塞给王老师一块糖。

王老师拿着糖，泪水顿时流了出来。那一刻，她觉得当老师真是幸福。由于李丹品学兼优，多次被学校评为"优秀少先队员"，授予"雏鹰奖章"。

和李丹一样，谭英同学也有长足的进步，她小学毕业直接考入大支坪乡实验中学重点班。

然而，天道不公。1996 年 12 月 24 日，李丹在学校参加完钢笔字竞赛后感到身体不适，在妈妈的陪同下来到医院检查，被确诊患了白血病。

　　李丹虽病倒了，但她的精神没有垮。老师、同学前往医院看她，见班长手里拿着《中国少年报》，她眼睛一亮，说："少年报，我要看。"

　　老师怕累着她，就要小伙伴读给她听，先读了一篇《雏鹰展翅飞翔》的小通讯，又读了一首儿歌。当读到天津市河东区辛庄小学开展"手拉手"的故事时，李丹沉默了好一会儿，然后望着妈妈说："我病了，你们不要告诉谭英姐。还有，妈妈，你今后不要忘记给谭英姐姐寄钱。"妈妈一边忍着眼泪，一边点头说："等你病好了，我们去接她来。"

　　李丹在病房里度过了 30 多个日日夜夜，她强忍着剧痛，从没有哭过一声，尽量不让爸爸妈妈为她伤心。相反，她见爸爸妈妈为她治病跑上跑下，忙前忙后，有时顾不上吃饭，担心他们累坏了身子。

　　有一次，她见爸爸很晚了还没有睡觉，就生气地说："爸爸，你再不去睡觉，我就不让你照顾我了。"住院期间，李丹见同病房的一位小朋友因账上没钱，医院给她停了药，就问妈妈说："妈妈，我们账上还有没有钱，要是没钱我们就出院，不住了……"

　　李丹的爱心深深地感动了周矶第二小学的师生及江汉石油管理局的职工们，大家纷纷为她捐款治病。一位有残疾的学生捐款时说:"李丹同学为救助失学少年花了那么多钱,住院还给我们寄贺年卡,现在她遇到了困难,我们大家说啥也要帮助她渡过难关。"

得知李丹得了绝症,附近一位摆小摊的老人心痛地说:"这孩子以前经常到我这买零食,后来不知为啥,来买的次数少了,有时来买也总是挑便宜的……现在才听说她是为了省钱供山区的一个小孩上学,想起来我就难过。这么好的孩子,你们一定要想办法治好她的病。"

1月24日,李丹的病情恶化,肚子发胀,一连7天不吃不喝,连吊针也打不进去,人瘦得皮包骨头,但在昏迷中还一直微微睁着一双眼睛。

看着女儿这个样子,悲痛欲绝的父亲在操场上来回踱步,向苍天祷告,祈求上苍让他的女儿早一点离开苦难。

祈求中,李丹的父亲似乎忽然明白了什么!他拉着李丹妈妈的手,说:"丹丹,你走吧!你住院时提出的两个要求我都答应你。从此以后,我要把谭英当做自己的女儿,给她寄钱,让她上学。我保证今后不让你妈妈生气,你……走……吧……"

不知是父母的爱感动了苍天,还是李丹听到了父母亲的承诺,只见她微微一笑,合上了双眼,告别了她只生活了10年的世界。

李丹没有想到,她死前还在牵挂着的姐姐谭英,从周矾第二小学胡老师的信中得知她病重的消息,连写了两封"快件"，此刻正在路途中。谭英在 1 月 26 日的信上写道："妹妹，你要安心养病，其他什么事都别想，掉下的功课我给你补上……"

然而，谭英哪里知道，这个给她寄过很多次钱物，死前都在惦记着她的好妹妹，连一次面都没见就永远地去了。

李丹走了，但油田孩子与巴东失学少年的友谊没有断。李丹所在的四年级二班，召开了"李丹—谭英手拉手"主题中队会，全班 40 多个同学都要与谭英结对子，继续完成李丹的遗愿。

刚转学到这个班的李宝琪同学拿出自己早就写好的给谭英姐姐的信，读给全班同学听："谭英姐姐，李丹她走了，你失去了一位活泼可爱的妹妹，我们失去了一位亲密的小伙伴，但你从此将拥有更多关心你、爱你的弟弟、妹妹。谭英姐姐，让我们这些弟弟妹妹来完成李丹最后的心愿吧！"

为了永远纪念李丹，中队集体讨论决定，周矾小学四年级二班以"周四丹"的名义来继续帮助谭英。于是，"周四丹"的一封信和捐助的 200 元钱寄给了谭英。

周四丹——一个新的李丹，一个群体的李丹，将在"希望工程手拉手"活动中刻下自己的名字。

# 希望工程带来的希望

1995 年深秋的一日，当河北省涞源县的王鹏华小朋友接到"希望工程"助学款时，那位未曾谋面的资助者却在医院的病床上忍着肾病的折磨。

王鹏华又可以上学了，又可以见到熟悉的学堂，听到朗朗读书声。然而，小小的她尚有一丝希冀：远方的阿姨，什么时候才能与您见上一面，向您道声感谢呢？

小鹏华的这份心伴随着寄往华北石油管理局第二服务处的信件递到了张华的手中。张华，这位闻名全国的大港油田井下女子作业队第一任队长、天津市劳动模范，看着手中的信，不得不遗憾地在回信中说："鹏华，见面的机会总会有的，只是近来身体不十分好，望你珍惜自己的学习机会……"

"希望工程"传递着救助款，也架起了两地的思念之桥。从 1995 年秋到 1996 年春夏间，张华与小鹏华一直保持着书信往来。她们的感情日益浓厚，而张华的病情也愈发严重了：尿毒症中期，并伴有肺水肿，生命危在旦夕。由于病情严重，张华转院到北京治疗，这时医生诊断她已进入尿毒症晚期，必须马上手术抢救。

张华清楚地记得那次抢救之后的情景。恍惚间，她发觉自己又活下来了。是的，重病期间两次抢救，两次都幸运地活了下来。

张华知道，假若没有党组织、没有社会、没有单位领导和同事及家人的支持、帮助，她是活不到现在的。张华讲："我的生命是由爱心维系的，我也要把自己的一份爱心献给'希望工程'，以表达我对社会的感激、对生命的渴望。"

王鹏华小朋友没有被遗忘，重病的张华也同样没有被遗忘。自从张华 1978 年生病开始，她所在的油田领导积极为她安排住院治疗的机会。

张华调到华北油田工作时并没有宣传自己曾有的"天津市劳模"的荣誉，是党组织几次调查才了解到情况，并按照"市劳模"的标准给她的工资做了调整。

所有的这些，使处在生死边缘的张华也在思考，也在回味。一天，她对病床边看护自己的表妹讲了深藏许久的心愿：无论如何，有谁能代表她去看望一下王鹏华小朋友。表妹和妹夫欣然从命，他们带着为小鹏华准备的衣物动身前往河北。

他俩动身前，为了让小鹏华一家人放心，曾到华北油田去开介绍信，这时，华北油田的领导和职工才知道了张华默默捐助"希望工程"的事迹。于是，油田团委的干部决定陪同前往。

天津一行人的到来给涞源县人民以惊喜，县政府的领导代表全县人民表达了不尽的感激。

小鹏华和母亲得到消息后，连忙从各处借了些绿豆和小米打算为恩人做顿好饭。当她们得知张华正在北京住院而没到时，当即决定跟随大家去北京，一定要当面送上这袋绿豆和小米。

两地的思念可以在顷刻间变成实实在在的面对。小鹏华捧着那袋绿豆、小米见到躺在病床上，刚刚做完"透析"的张华阿姨时，那颗稚嫩的心灵仿佛再也承受不住了，先是呆立了片刻，继而放声大哭。她忘记了一路上想着要跟阿姨说的话："阿姨，您病好点了吗？这是我特意给您带的绿豆和小米。"

也许一切尽在不言中吧，张华艰难地笑了，这微笑伴着两腮的热泪，仿佛同时在向小鹏华说："别难过，你的爱也同样带给我生的勇气。"

哭声，这来自贫困山区孩子的哭声，惊动了医院的人们，大家纷纷询问着张华的病情和她救助孩子的事迹。

张华的主治医生管德林当即表示，要尽其所能挽救张华的生命。管医生认为，当务之急是立即做好为张华换肾的一切准备。

1995 年 8 月 18 日上午，管医生立刻前往取肾。17时，管医生带回肾源并化验完毕，证明可以为张华实行换肾手术。这时候张华亲属未到，为了珍惜这个难得的手术机会，管医生毅然在手术单上签下了自己的名字。

手术终于成功了！所有关心张华的人都松了口气。张华在改变一个失学儿童命运的同时，也获得了生命希望。

在大江南北辽阔的土地上，"希望工程"播撒着爱的火种，给无数个生命带来了新的希望。

# 检察官与山里娃结对

1996 年 5 月 14 日，在皖西大别山革命老区霍山县"希望工程"办公室内，负责同志对上海市浦东新区人民检察院"情系希望工程"赴安徽霍山考察团的同志说："你们来得太好了！你们的行动证明了你们确实为我县的'希望工程'做了大量具体而扎实的工作。"接着，他告诉检察官们 1996 年春节期间发生在该县的一个真实故事。

以前为感谢全国各地对霍山县"希望工程"的支持，县电视台在录制晚会节目时，制作了一个电话采访节目。新区检察院在电话中介绍了全院干警为"希望工程"所做的工作。

没想到节目播出后，在社会上引起很大反响，许多人或当面、或打电话询问新区检察官在电话中介绍的一切是真的吗？"希望工程"办公室的同志肯定地回答，是真的。

1994 年底，刚成立一年多的上海市浦东新区人民检察院，在浦东这块令世人瞩目的土地上，承担着大量繁重而艰巨的检察工作，同时，他们仍没有忘记自己另一份社会责任。

当时仅有 100 多人的全体干警，向"希望工程"捐资1.229万元。他们特别关照,要用这笔钱资助革命老区的失学孩子。1995年2月,中国"希望工程"基金会颁发了37份结对救助卡。

从此,37名山里娃和检察官的名字连在了一起。这37个孩子,分散在山区的29所学校。他们有的父母双亡,有的家里有人常年卧病不起。家庭的拖累使得这些孩子面临失学的困境,有的孩子还是品学兼优的三好学生、优秀少先队员。

一次爱的付出让37名山里娃得以完成小学学业,这当然是令人高兴的事。但是,关心这些孩子的学习和成长,帮助他们解决学习生活中遇到的困难,一直到毕业,这不仅需要无私的奉献,更需要持之以恒的精神。

浦东新区检察院的干警不仅这样做了,而且把这项工作作为加强机关精神文明建设的一个重要组成部分。

结对后的第一个六一儿童节到了,内装书包及各种学习用品的37件包裹,从黄浦江畔寄到了大别山区山里娃手中。

斗转星移,时间流逝,这些只通过书信但从未见过面的孩子们,长得什么样,个头有多高,他们的学习和生活怎样,还有什么需要帮助的,院党组和机关党委的领导、团委的干部关心着,工会的同志、妇联的同志惦念着。他们不约而同地想着一件事:组成考察团,亲赴大别山,看望山里娃。

像看望远在他乡的儿女一样,干警们为这次大别山之行做了充分的准备。在自愿参加的"一日捐"签名仪式上，郭平代检察长第一个捐出自己当月的工资。在别处办公的税务检察室的干警派代表专程前往捐款点，捐出了他们的心意。

一位快要做母亲的同志，不顾身体不便，专门赶到院五楼会议室捐款。两位西藏日喀则地区在该院培训的检察干部，工资不高，但在得知捐款活动后，赶到政治部，献上了一份爱心。

或许他们对自己的孩子也没有像这样一次准备这么丰富的礼物。从《新华字典》到《十万个为什么》，从《作文写作》到练习本、铅笔、钢笔，从日记本到信封、邮票，从体育用品再到点心等，都考虑到了。

检察官们是工薪阶层，尽管收入不多，捐资有限，但他们的关心是具体的、实在的。但他们为每个山里孩子准备了一封信、一张结对部门身穿制服的检察官合影照片和一包礼物。临行前几天，不论哪个部门的干警，见到考察团成员，都一再拜托，代他们看看"自己的孩子"。

1996年5月12日，这是一个星期天，当黄浦江两岸的人们刚从睡梦中醒来的时候，一辆"金杯"面包车已经开出浦东新区检察院大门。车里一行7人，行程1000多公里，来到了安徽和湖北交界的大别山北麓的霍山县。

这是一座地处偏远的山区县城，拥有37万人口，1400多年的历史。这里物产丰富，风光秀丽，有"金山

实施行动

药岭名茶地，竹海桑园水电乡"的美称。新中国第一座钢筋混凝土连拱坝——佛子岭水库大坝，至今仍气势磅礴地发挥着它的蓄水作用。这里是红军的故乡，在新民主主义革命中，全县有5万多人为革命光荣捐躯。

一进霍山境内，首先感受到的是浓浓的教育兴县的氛围。汽车所经过的乡镇，见到最多的标语是抓教育的标语，见到最好的房子是学校。"希望工程"领导小组组长由县委副书记担任。

在办公室，考察团见到的最新的一个铁皮档案柜内，整齐排放着的是"希望工程"受助学生的档案。目前全县适龄儿童已全部入学，但有一部分家庭困难的学生的学习费用只能由学校垫付，以保证学生不至于辍学。学校若向这些孩子要钱，他就有可能不来上学了。这对于每学期每位老师仅50元办公经费的学校来说，确实是力不从心。

正是因为有全国各地的支持，才使全县面临失学的近2000名孩子能够继续上学。即使如此，目前还有1300多份等待救助的学生档案存放在此。

为了尽可能多地看到"自己的孩子"，考察团又分两路，分别深入距县城上百公里的大山，看学校，访家庭。3天中，汽车行程700多公里，考察团同志又徒步50余公里，实地看了14所学校，重点看了6个家庭，与33个学生见了面。只有4名学生因路远时间紧来不及相见，考察团已托"希望工程"办公室将礼物和信转交。

5月14日，考察团驱车在蜿蜒曲折的山路上颠簸近百公里，到达偏远的太平畈小学，看望一名叫李军的四年级受助学生。当检察官们到来时，校长和老师带领全校146名学生站在校门口列队欢迎。在点燃鞭炮的同时，一个个佩戴红领巾的山里娃全都举起右手致少先队队礼。

虽然这是一所乡中心小学，但和城里相比条件仍然有很大差距。一间十来平方米的旧房子是学校办公室，正面墙上挂着一张毛主席像。

在李军同学的教室，一个瓦数不大的灯泡并不能使教室显得多么明亮，李军和他的同学在教室的前部上课，后部并排放着5张上下铺的木床。那是五年级路远的学生住宿的地方。

小李军生活在一个特殊的家庭，父母全是痴呆，一个姐姐在外地给人当保姆，由于无生计能力，他连吃饭穿衣的正常生活都难以维持。

考察团走过崎岖的小路来到小李军家，看到的是家徒四壁、破烂不堪的场面。唯一一样新的东西是去年"六一"检察院寄给他的书包。他没舍得用，仍挂在床头，现在用的仍是补了又补的旧布书包。

不幸中的李军又是幸福的，他的前后两任班主任，他的校长及全校老师，都给予他特别的关心和照顾，生活上给予帮助，学习上严格要求。

远在千里之外的上海检察官，又资助他学习费用和学习用品，使得他能和其他同学一样继续读书。懂事的李军把人们的关心作为自己向上的动力，他曾获得过"三好学生"的称号。

为了看望中银希望小学的两位学生，即使有当地"希望工程"办公室的人做向导，考察团也差点迷了路。汽车行驶在陡峭的山路上，往下看，四周全是树木。在几乎见不到人烟的大山深处，有一间孤零零的废弃旧土房。"希望工程"办公室的人介绍，那是为照顾离校远的学生准备的。

一个教室，有时几个年级分开用。就这个教室，离学生家也有十里八里的路程。现在这个班已并往山口另一处一所新建的中银希望小学。检察官们不知道自己资助的两个学生是否在这个班上过课，但听说过山里孩子在上学路上被狼咬伤的故事。

中银希望小学是该县接受外援建立的第一所希望小学。校园内高悬的国旗在四周青山绿水的映衬下，显得格外鲜艳。来到学校，受助学生黄纬、何春华的母亲都早已等候在那儿，并把准备好的茶叶、笋干等土特产拿出，硬是要让考察团的同志带回去。

在四年级教室，任班长的何春华同学坐在最后一排。这是一位文静、秀美的姑娘。她不仅学习成绩名列前茅，而且关心集体，乐于助人，她得到了检察官们的关心和帮助，她又把爱心献给了弱小者。在上学的路上，她经常背一个一年级的残疾小同学。

在沈家畈小学，考察团来到身为班委干部的沈高琴同学的教室。凹凸不平的地面、破旧的课桌并没有影响她的求学热情。当问及她为什么家中有困难却写信不让检察院叔叔阿姨寄钱时，她说："你们挣钱也不容易。我爸爸妈妈说，自己的孩子自己养，靠别人养心里愧。"

山里娃朴实的话语让检察官们肃然起敬。他们告诉她，你有享受上学的权利。今天大家帮助你，等你长大成才时，你也可以去帮助你能帮助的人。

在三尖铺小学上学的叶金敏同学，父亲去世，母亲改嫁，爷爷奶奶年迈，三叔有病，二叔患癌症，家贫如洗。人世间所有的苦难几乎都被他家摊上了。

叶金敏的二叔说："我是一脚踏在阳间一脚踏在阴间的人。但是只要我活着一天，就要关心他一天的学习，我告诉他，朱元璋当年还要过饭呐。你有上海检察官的关心和支持，更应该好好学习，用好的成绩来报答他们。"

在歇马台小学，双手接过礼物的李敏同学，面对一身戎装的检察官叔叔，竟无语凝噎，代替千言万语的只有大滴大滴的泪珠。

# 爱心侨胞宣传希望工程

1996 年 7 月初，《欧洲华声报》刊登了一封中国辽宁省马丰县安民镇中心小学学生刘爽写给林京煌女士的信，刘爽是一个因父母离异而被遗弃的孩子。信中说：

> 林阿姨您知道吗？我叫刘爽，现在已经上四年级了，是我们班级的学习委员。过去，我无时无刻地不在想，我是一个不幸的人。怎么说呢？前几年父母离异，把我抛弃在外婆家，外婆家的生活也并不宽裕，只是勉强地维持，我的到来又给外婆家增加了经济负担……可我现在不那么想了，我再也不是不幸的人了。我是一个最幸运的人，因为我有了林阿姨您这样的好心人，是您给了我生活的勇气，是您给了我无穷无尽的力量，使我像其他同学一样有了快乐的童年。

1996 年 8 月 8 日，在西班牙华人总会的一次聚会上，一位女士发表了一番感人肺腑的讲话：

> 在我们祖国的贫困地区，还有许许多多的

孩子因为贫困而不能上学，无论什么时候，我们都不能忘了他们。50美元可以改变一个失学儿童的命运，让我们每一个人都献出自己的爱心吧！

在场所有的人都被她的一片真情所感动，大家都表示支持她的爱心事业。这位女士就是林京煌。

林京煌出生于浙江青田贫苦落后的农村，1966年毕业于青田县最高学府——青田中学。1970年她考取了青田县师资培训班，从此她与教育工作结下了不解之缘。

从1970年开始，她一直在青田县山口中学担任教师，直到1984年出国。林京煌女士对教育工作怀有深厚的感情，她说："我喜欢教师这项工作，我爱那天真无邪的孩子，我至今仍然常常想起过去那段难忘的岁月。"

这正是林京煌创办"西班牙希望工程爱心委员会"的渊源。

林京煌女士总是说："我是一个平凡的女人。我原本是一个教育工作者，为了孩子、为了教育，我有义务做'希望工程'的宣传员。"她的的确确是一个平凡的女人，是一个普普通通的女性，但是她从事的却是一项极不平凡的工作。

林京煌女士说："假如我们能唤起海外所有的中华儿女，每人都捐助一个失学儿童，让中国所有的失学儿童都重返校园，那将是多么美好啊！10年、20年之后，我们的祖国一定能跻身于世界的强国之列。"

林京煌女士说:"1994年10月,我到北京去拜望全国人大华侨委员会的老朋友时,得知'希望工程'需要海内外各界广泛的支持,以资助贫困地区失学儿童重返校园的消息,我的心被感动了,我决心要为那些失学的孩子尽一份做母亲的心。"她当即拿出2000美元,捐助给50个失学孩子。

1994年12月,林京煌女士在马德里成立了"西班牙希望工程爱心委员会",它的宗旨就是:广泛动员和争取旅西华侨华人对祖国"希望工程"的支持和赞助,资助中国贫困地区的失学儿童继续学业。

1995年春节,林京煌女士给旅西侨胞发出一封公开信,信中写道:

> 每逢佳节倍思亲,此时此刻,我们思念着祖国,思念着祖国贫困地区的失学儿童……借此良机,我以一个女人、一个母亲、一个中国人的身份,宣传中国的"希望工程",请您为救助中国贫困地区失学儿童奉献一片爱心。

1996年以来,她在西班牙《欧洲华声报》和《西华之声》报上,又连续发表了《希望工程和爱心》《希望书库,欢迎捐款》《希望工程有希望,失学儿童有未来》《爱是不能忘记的》等5篇系列报道。

林京煌女士和她的爱心委员会在侨界引起了强烈的反响。许多人给她打电话，向她表示关心和支持，有的在信中和电话中，就把林京煌女士尊敬地称呼为"爱心女士"，不少人主动把款送到林京煌女士的手中。爱心活动出现了许许多多感人的事迹。

一天，林京煌女士在使馆门口准备办事，一个陌生的男子突然走到她的面前说："你就是林京煌女士吗？我找你有点儿事。"他把她叫到一旁，当她在疑惑之际，那人已从袋里摸出200美元塞进了她的手中，说："看了你在报上写的《希望工程和爱心》的文章，我们一家人都很感动，这点钱也是我们一家人对祖国失学儿童的一点心意。"

林京煌女士的心也被眼前这位陌生的人感动了。这个陌生的男人就是从毕尔巴鄂远道而来的温州同胞杨新铎先生。

一天，林京煌女士接到一个电话，那人说："我只有小学毕业，文化不高，我知道不识字该有多么苦……你有爱心，我也同样有一颗爱心，我也捐100美元。"林女士向他索要他的地址时，才知道他是旅西侨胞王宇飞先生，是位工人。

徐振海还是一个孩子，他把自己节省下来的零花钱换了100美元，交给林京煌女士，托她转给祖国的失学孩子。一个不愿公开自己名字的小姐寄给林京煌女士一封挂号信，信里夹了100美元，她只写了6个字"帮助

● 实施行动

069

中国穷娃"。

夏葱妹、周邦雄夫妇是林京煌女士的同学，得知林京煌女士在做"希望工程爱心委员会"的工作，感到十分高兴。他们说："这是一个非常有意义的工作，我们支持你！"他们夫妇慷慨解囊，当即捐助希望书库3个，折合人民币9000元，接着又拿出500美元资助了10名失学孩子。

爱心委员会创办一年多来，已得到了广大华人的广泛响应。"西班牙希望工程爱心委员会"已经向国内贫困地区捐助了6个希望书库、资助了86名失学儿童继续学业。

爱的涟漪还在不断扩展，巴塞罗那和瓦伦西亚等地的华侨都在积极响应，为祖国的"希望工程"进行募捐，为贫困地区的孩子奉献自己的爱心。

# 杨老师真情献爱心

1996 年，时年 54 岁的杨平安老师，在乡村教育岗位已辛勤耕耘整整 30 年了。他敬业爱岗、任劳任怨、忘我奉献，把毕生精力全部奉献给了乡村教育事业。

杨老师拥有一颗助人为乐、扶贫解难的慈爱之心。自参加"希望工程"活动以来，已结对资助 16 名失学儿童，捐资总额达 1 万余元。同时他还志愿加入"希望工程志愿者"行列，积极动员 5 位亲朋好友结对资助 5 名失学儿童。据了解，杨老师是宁波市结对资助失学儿童最多的个人。

杨老师从《中国青年报》上了解到"希望工程"的宗旨后，就积极投向这一活动。他家生活并不富裕，但杨老师省吃俭用，总是将自己的稿费和奖金积攒起来，结对资助贫困学生。

杨老师的第一笔捐款就是两个女儿准备为他祝寿办酒的钱。现在，他结对助学的学生除宁波地区的余姚、宁海、奉化、象山、鄞县等地外，还有江西、陕西、贵州、青海、河北等省的失学儿童。

1998 年 8 月，杨老师在市希望办帮助物色下，特意赶到鄞县姜山镇，与父亲亡故、母亲患病的特困生黄巧燕结对子。同年 9 月 10 日教师节，他又决定以结对助学的方式庆祝自己的节日。于是，慈溪市崇寿镇东二小学的三年级学生钟燕燕便成了杨老师的资助学童。1999年教师节，杨老师又同远在千里外的贵州省凤冈县王寨乡苗族儿童梁彪结成助学对子，梁彪从而成为杨老师第16名结对资助的特困失学儿童。

从1996年以来，杨老师每年总是利用寒暑假、双休日以及节假日休息时间，前去探望本市结对助学的特困家庭和孩子。曾先后分别去过余姚四明山镇、宁波一市镇、奉化萧王庙、象山石浦等地。

每趟去时，他都给探望家庭捎去生活、学习用品和衣物，问寒问暖，了解孩子学习情况。将要告别时，杨老师不忘给每户送上100或200元钱作为家用补贴。

每当这些家长再三感谢时，杨老师总是笑呵呵地回答说："我不图什么，只希望这些孩子能早日成才，为当地脱贫致富尽力。"

杨老师还十分关注"希望工程"的舆论宣传对于推动该项事业发展的积极作用。1996年10月8日，杨老师在一次看报时偶然得到一个信息，正在拍摄反映我国"希望工程"题材的大型电视连续剧《同在蓝天下》剧组资金缺口很大。

为此，他当即打电话给宁波希望办，要求帮助和浙江青基会联系，表示了要向该剧组捐款500元的意向。事后，据宁波希望办胡奕萍说："杨老师是全省第一个以个人名义向该剧组捐款的人。"这部电视剧后于1997年6

月1日在中央电视一台黄金时间播映。

杨老师不但积极参与"希望工程"活动，而且有空还把所见所闻和感受写成文章。

《难忘山区读书郎》，这篇走访"希望工程"受助生王寅家庭的纪实文章在省、市"希望工程征文"活动中先后获二等奖。1999年3月25日，该文又刊载在《白江教育报》上；4月荣获中华慈善总会主办的全国唯一慈善文化双月刊"慈心善举"征文优秀作品奖第一名；5月被宁波女作家夏真编入《今日父老兄弟》纪实文集，该书被评为浙江省1999年度"五个一工程"优秀图书。

热心参与社会公益事业是杨平安追求的人生目标。

1998年7月他向长江抗洪救灾捐款200元。1999年2月8日他向市"慈善助学活动"捐款860元，9月10日教师节又向市人民教育基金会"寒窗基金"捐款200元。其实，自1996年8月"寒窗基金"设立起，杨老师就每年以这种独特的方式庆祝教师节，从未间断过。

此外，杨老师还非常关心青少年思想品德教育工作，热心关注下一代的健康成长。

在1999年2月，他把撰写《青少年思想品德修养》一书所得的全部稿费加上1000元，购买该书500本，总价值3400余元，全部捐给了宁波市，请他们转送给市内五区和鄞县的中小学。该书被学校党政领导团队、政教组织等作为青少年思想品德修养教育的辅导资料和读本。

杨平安老师五六年来，在参与"希望工程"结对助学活动中实实在在做好事、善事，他的感人事迹多次得到有关部门的嘉奖和新闻媒体宣传报道。他的事迹在1996年海宁区教育系统"十大佳事"评选中名列榜首，在社会上引起较好反响。杨老师现在是海宁区教育学会会员、宁波慈善总会理事、中华读者俱乐部协会会员。

杨老师在教书育人的工作岗位上，虽然没有豪言壮语，没有惊天动地的壮举，但他像一颗螺丝钉，在岗位上、在事业中默默无闻地奉献着。这就是一个共产党员、一个人民教师的情怀。

# 捡易拉罐资助特困生

丹丹的书包已用了三年，书包上原来新鲜的草绿色已退成了白色，背带磨断后又用线缝上，丹丹从不要爸爸给她换新书包，她知道家里没有钱。

时年 12 岁的丹丹出生在修武县周庄乡马庄村。1989年，丹丹的母亲因脑出血病逝，家里剩下了年迈多病的爷爷、奶奶和下肢残疾的爸爸及刚刚 3 岁的小丹丹。

8 岁那年，丹丹背着奶奶用 22 块布拼接缝制的书包上学了。为给孙女筹集学费，患心脏病的奶奶不敢花钱看病。爸爸整日一瘸一拐地到地里干活。

懂事的丹丹从不敢奢望有身漂亮的衣服或者一支崭新的钢笔。在学校，丹丹学习用功，每次考试都名列前茅。今年四年级期末考试，丹丹考了个第二名。她还是学校少先队的中队长。放学回家后，丹丹帮奶奶做家务，想方设法让一家人高兴。为节约电费，丹丹常常将作业拿到同学家里去写。

从 1998 年 8 月开始，爷爷的肺病也越来越重，每日不停地咳嗽。丹丹给爷爷做饭、喂药、洗衣服，半夜里起来给爷爷请医生。

9 月初，刚上五年级的丹丹接到一封信，信是焦作市焦东路小学寄来的。丹丹一家人从信上知道，该校六年

实施行动

级七班的 71 名学生用 4000 个易拉罐换来 400 元钱，资助她上学。看着这封信，全家人都哭了。

9 月 17 日，也就是接到助学金的第三天，躺在病床上的爷爷唤来小丹丹和残疾儿子，老人用微弱的声音说："丹丹上学不愁了，我死也合眼了。记住是谁救了咱家……"丹丹不停地点着头，泪水大滴大滴掉下来。当晚 10 时，老人永远地闭上了眼睛。

说到焦作市焦东路小学六年级七班学生捡易拉罐资助小丹丹的动人故事，人们都赞不绝口。1997 年，他们班的卫生区分到学校垃圾箱附近，班主任应立芳老师眼睛一亮，对同学们说："我们把易拉罐捡出来卖掉，不就有班费了？"

同学们听了，十分积极地打扫起来，同时把易拉罐一个个捡出来，放到班里的红塑料桶里。一个易拉罐卖 1 角钱。就这样，1 角、2 角……1 元、2 元……慢慢地积攒了十几元，应老师以"班七"的户名存到了附近一家储蓄所里。

1997 年，"希望工程"助学活动在焦作轰轰烈烈地开展。应老师和全班同学商量，用捡易拉罐的钱资助一名特困生，这个建议立即得到了全班同学的响应。

同学们从校内捡到了家里，捡到了大街上。蒋星润的妈妈知道儿子班里的"易拉罐行动"后，每当家里的客人喝过饮料，她都要帮儿子把易拉罐收集到袋子里。

王雯有一次在东方红广场上玩，看到一个小孩正在喝饮料，她一直等那个小孩扔掉易拉罐，然后跑过去捡起来。

到五年级下学期结束，全班共用易拉罐换了200多元，但按"希望工程"要求，资助一个特困生需400元，还差100多元，怎么办？同学们主动提出在暑假里捡易拉罐。黄璜到沁阳走亲戚，捡回了十几个易拉罐；刘栋回老家漯河，跟爷爷一起下地干活，在地头发现了五六个易拉罐，他美滋滋地带回了焦作。

8月30日上午，同学们来学校报到，大家你一元我一元，把暑假捡易拉罐的钱交给了应老师，全班终于凑足了400元钱。与此同时，班主任应老师在焦作市团委"希望工程"办公室看到了马丹丹的名字。

回到班里以后，她给同学们讲了马丹丹的事，全班同学一致同意资助马丹丹。同学们还给马丹丹写了封信，信中说：

> 丹丹同学，我们非常同情你的遭遇，也很羡慕你的学习成绩。当你学习上遇到困难时，可以来信告诉我们，我们一定会帮助你，愿我们成为好朋友……

9月1日，应老师代表全班71名同学将用易拉罐换来的400元钱交给了焦作市团委"希望工程"办公室负责人，并领回一本"希望工程"结对资助证书。

# 助学行动效果显著

在祖国南疆竹林边，一位毛南族少年时常遥望北方，他在想雪花的故乡和那位心地善良的阿姨……

阿姨：

又写信打扰您了，请原谅。光阴似箭，转眼间，我已小学毕业，我以语文76分、数学93分的成绩，被本乡中学录取，离开学时间只有20多天了。今年，我们这儿天气不好，风大、雨多，粮食又减产了。父亲打工挣的钱养家糊口都困难，不能供我上中学，我再也没有机会上学读书了。谢谢阿姨这些年对我的资助，让我完成了小学学业。您对我的恩德，我一辈子也不会忘记……

1998年8月初的一天，在中国银行松原支行营业部工作的王懿收到广西壮族自治区环江毛南族自治县下南乡景阳小学毛南族少年谭华东的来信。接到来信后，王懿彻夜难眠，往事一幕幕又浮现在眼前。

那是1992年隆冬时节，在专科学校上学的王懿和父母到扶余县老家去探亲，王懿的堂兄弟姐妹围在她身边问这问那。从他们的目光中，王懿看到了他们对她的羡慕。他们中多数人因家里贫困只完成了小学学业。

从老家回来后，王懿脑海中不时浮现出堂兄弟姐妹们含泪的眼睛，她暗下决心，以后有机会，一定要尽自己的力量帮助那些失学儿童，让他们早日回到课堂。

1994 年，王懿毕业后被分配到中国银行松原支行工作。她把第一个月的工资存入银行，并把自己想捐助失学儿童的计划告诉了父母，得到了母亲的大力支持。

同年 8 月，她给中国青少年发展基金会写信，参加了"希望工程 1 + 1 助学行动"，和广西环江毛南族自治县下南乡景阳小学一年级学生谭华东结成对子。

谭华东的家乡是个贫困山区，那里不通公路，从家到乡政府所在地要步行几十公里山路。由于连年受灾，粮食减产，谭华东一家五口生活非常困难。正当他无钱交学费，面临辍学困境时，收到了王懿阿姨寄去的资助款。

"希望工程"，犹如亮丽的彩虹，连接着北国和南疆。从 1994 年到 1998 年，王懿省吃俭用，共寄了 1000 多元给谭华东，直到他拿到小学毕业证书。

这次收到谭华东的来信后，王懿和爱人商量决定，继续资助他。于是，王懿东挪西借，凑了 500 元学费寄给谭华东。

王懿并不富裕，年迈的公公长年有病，她还要负责妹妹和小叔子上大学的部分费用，家里至今还欠着几千

实施行动

元的债，但她说，如果谭华东能考上高中、大学，还尽全力帮助他。

今年春节刚过，王懿收到了广西寄来的包裹，里面是小米、青豆和豇豆。谭华东在信中说：

　　王阿姨，春节到了，我没有什么礼物送给您，寄去一点儿家乡的土产，表示我们全家人对您的敬意。您对我这个穷孩子比我亲生父母还要亲。我一定努力学习，争取考入北方的大学，去看看北国那飘舞的雪花和心灵比雪圣洁的善良阿姨……

# 郑老伯创建希望小学

羊城铁路总公司 78 岁的退休老工人郑名爵，将毕生积攒的 20 万元捐给"希望工程"建小学！

郑名爵老人不是有钱人，他的 8 个儿女中就有 3 个下岗。全家被老人家的想法吓了一跳："阿爸，我们不是有钱人家，8 兄妹有 3 个下岗！"

"你们如果没本事，我留多多银纸（钞票）也会坐食山空；你们如果够'叻'（出息），留钱给你们就更没什么用了。再说，这也是她生前的心愿。"

"她"——与郑老伯携手走过 55 年人生路的妻子，名叫邓玉莲，是个连自己名字都不会写的家庭妇女。而今，以她名字命名的希望小学已是桃李满园，成为粤北乐昌市乐城镇规模最大的小学之一……

邓老太年轻时是乐昌的一个农家女。因为家穷，这个聪慧的女孩 8 岁就"撑起一头家"。每天放牛路过村里的私塾，她都忍不住往里面张望又张望。没文化，成了她终生的遗憾。

19 岁，她嫁给了在附近铁路当学徒的郑名爵，后来随夫进了城，因为不识字，只能在家当家庭主妇。"她是个性格爽朗的女子，为人特别热心，在居委会义务当了几十年的治保主任，街坊的事就当成自己的事。"郑老伯说起爱妻总是滔滔不绝。

20 世纪 80 年代初，郑老伯退了休。老两口儿闲不住，一合计，就开了个小店卖早餐。

从此，凌晨 3 点多就得爬起来，一个起炉，一个骑着单车赶早市买牛腩回来煲。郑老伯捐出去的钱，就是那几年攒下的，用儿女的话来说："没有一分不是辛苦钱。"

1998 年 10 月，邓老太突发脑出血不治身亡。爱妻的音容笑貌总在郑老伯脑子里盘旋："她总是说，我走了以后，就不给孩子们留钱财了，把钱捐给儿童福利院或者老人院之类的，可以多些人受益。"

郑老伯总觉得该为操劳一辈子的妻子做点什么。思虑良久，他想到了"希望工程"。妻子没上过一天学，这是她最大的遗憾，如果能把钱捐给"希望工程"，扶助失学儿童，不是圆了她的梦吗？

一打定主意，郑老伯主动致电广东"希望工程"办公室。新鲜！商贾名流捐钱不出奇，一个普通的退休工人一次捐出 20 万，这在全国也鲜有所闻！

一切都以前所未有的速度进行着。"希望工程"办公室联系了乐昌方面，当地政府十分感动，后面的事全是"一路绿灯"，从征地、报建、增拨款项，到出设计图，一个多星期就完成了。

1999 年 7 月 3 日，老伯在两个女儿陪同下，执锹奠基。工程每迈进一步，乐昌那边就会寄来照片。

郑老伯看着自己和亡妻的梦想一天一天成形，梦里都在笑。老人还打听到，原来的小学没条件开设音乐课，于是又专门买了一架钢琴，准备待学校落成时送去。

1999 年的最后一天，是这个普通工人家庭最荣耀的日子——那座 4 层楼高的现代化教学楼在这天落成，郑家 20 多口人带着钢琴浩浩荡荡赶赴乐昌。

"值，太值了！这栋楼多少代人可以受益呀，比我郑家一家花掉要划算多了。"郑老伯说。

做了这件大好事，郑老伯一直秘而不宣。直到他被评为全国"希望工程贡献奖"获得者，此事才渐为人知。

但为人低调的他，多次拒绝媒体采访，因是《羊城晚报》多年忠实读者，老人才同意和记者"聊聊天"。

如今老人已经 80 岁，身体不太好，高血压、心脏病，还有肺气肿，可思维清晰，口齿清楚。问他那栋新教学楼有多大，他脱口而出："825 平方米。"

跟他一起住的女儿说，平时老人看病花多点儿钱都心疼，捐钱给"希望工程"却大方得很。

老人还准备捐出最后一点"棺材本"，结果连"希望工程"人员都反对起来："您还是先留着养老吧！"

他把出席学校落成仪式的照片晒了一套，8 个子女一家一套，"这是我留给他们唯一的财富"。

"希望工程贡献奖"的奖牌，学校孩子们寄来的贺卡，郑老伯把它们和妻子生前的照片放在一个小柜子里。他说："孩子们写的东西，她是读不懂的；不过那份心意，她肯定收得到……"

# 古稀侨胞撒播希望种子

1999 年 10 月 1 日，在中华人民共和国成立 50 周年之时，天安门广场的观礼台上，坐着一位年逾古稀的老人，旁边是她的丈夫。

眼望受阅部队和群众游行队伍整齐的队列、雄壮的步伐，老人再也无法控制激动的泪水。这两位应邀嘉宾便是法国华侨教育基金会会长汪漱芬女士和她的丈夫让·马里·艾昂。

汪漱芬怎能不激动呢？50 年前的这一天，当第一面鲜艳的五星红旗在天安门广场升起的时候，在巴黎音乐学院学习声乐的这个上海姑娘和许多留法学子聚集在埃菲尔铁塔下，眼含热泪一遍又一遍地高唱《松花江上》等爱国歌曲。

1951 年国庆节前夕，汪漱芬舍弃摘取世界声乐桂冠的机会，踏上了归国参加和平建设的路程。回国以后，她本来可以在上海或北京的乐团担任主要演员，但听说大西北需要音乐教师后，义无反顾地报名到了兰州，在西北师范学院艺术系执教。行李还在墙角堆放着，她的身影已出现在讲台上。

面对这些身穿粗布衣、连简谱都不识的学生，汪漱芬一遍一遍地教，立志把他们培养成出色的歌唱家和音乐教师。多少个风晨雨夕，在波涛汹涌的黄河岸边，在光秃秃的皋兰山下，她不知疲倦地为学生辅导。为了祖国的教育事业，她几乎忘掉了一切。

有一次，她发着高烧登上讲台，结果不幸流产。1963 年，她因声带受损赴法治疗。医生鉴定她再也无法重上讲坛，她这才不得不留在法国定居。

在 30 多年的海外生活中，汪漱芬念念不忘祖国建设，始终关心中国的进步与发展，热心中法两国的文化交流和公益事业。

1989 年 10 月，她应邀回国参加建国 40 周年的观礼。祖国改革开放的成就令她欢欣鼓舞，她同时感到，要解决中国的问题，必须狠抓教育，提高整个民族的文化素质。

1991 年她到江苏、安徽等省的贫困地区考察，目睹许多乞求入学的儿童，不禁心酸落泪。经她倡议和筹备，1992 年，法国华侨教育基金会正式成立，汪漱芬出任会长。她在简陋的办公室墙上挂起"国家兴亡匹夫有责"、"促进教育振兴中华"的条幅以及介绍"希望工程"的照片。

为了表达自己的心愿，基金会刚成立一个月，她便变卖古画和首饰，向中国青少年发展基金会慷慨解囊，带头捐出 20 万元人民币，资助 10 个省的 1000 名失学儿童复学，直至读到小学毕业。

1995 年 9 月，汪漱芬倾其积蓄 40 万元人民币，在四川省兴文县建起一所希望小学。为纪念她的高风亮节，当地政府建议将学校命名为"汪漱芬小学"，但她执意不肯，坚持叫"法国华侨教育基金会第一小学"。

汪漱芬四处奔波，前往美国、英国等地，唤起热心祖国教育的仁人志士，共同为集资建校作贡献。在短短7年中，汪漱芬先后集资在四川宜宾屏山县、重庆市梁平县、四川内江东兴区、湖北通城县、北京市延庆县、四川雅安地区建成8所现代化的希望学校，解决了上万名贫困地区儿童的入学问题。

每所学校不仅有汪漱芬出的资金，而且凝聚了她的心血和汗水。她把建校经费精打细算都用在刀刃上，基金会的日常开支和回国参加开学典礼的旅费没花过集资的一分钱。

汪漱芬女士为振兴祖国教育事业默默奉献的爱国精神，不仅感动了许多旅法的华侨华人，更感动了她的丈夫艾昂。没有丈夫精神和资金方面的大力支持，她是无法做到这一切的。

艾昂是法国的建筑工程师，虽然已经退休，还经常找些活干，以便挣钱在经济上支持妻子。基金会的电话传真费每个月就四五千法郎，艾昂都欣然支付。汪女士年老多病，家住巴黎远郊，到教育基金会上班不便，也都是艾昂车接车送。

1998年，我国部分地区遭受特大洪涝灾害，在基金会向受灾地区捐赠的12万法郎里，也有艾昂捐出的5000

法郎。在基金会与四川签订捐建第七所希望小学的协议后，汪女士告诉艾昂支付第一期建设资金遇到困难，他二话没说拿出 3000 美元旅行支票，补足了缺额的部分。

汪漱芬用点点心血播下的"希望"种子，已经在祖国的大地上发芽成长并开花结果。在她捐建的 8 所小学所在地区，儿童入学率几乎达到 100%。

那些年，汪漱芬收到近千封学生的来信，孩子们都亲切地称她"汪奶奶"，有的还寄来了考试成绩单。在汪女士爱国精神的感召下，这些学校的老师爱岗敬业，学生学习刻苦努力，学校会考成绩名列前茅。

爱心是洒向荒漠的甘霖，爱心是五彩的梦幻，爱心是人类最美好的理想。

为了解决华侨华人子女学习中文的难题，已经 77 岁高龄的汪漱芬并没有歇息，她又为在巴黎修建一所中文学校而奔波、操劳……

# 国际友人关注支持

中国的"希望工程"也获得了许多国际友人的关注和支持。

为了推动中日两国文化交流，更广泛地宣传"希望工程"，中国青少年发展基金会、中国美术家协会、日本共同通讯社和日本安部牡丹园决定在中国和日本共同举办"中国的四季"美术展。

在短短的几个月内，组委会共收到全国各地画家创作的 2400 余幅中国画和油画作品。经中日双方专家的共同评定，选出 120 幅作为获奖作品参加展览。

1991 年 10 月 18 日至 23 日，"中国的四季"美术展在日本东京上野之森美术馆盛大开幕。期间，中日各新闻单位都突出宣传了"希望工程"。日本共同通讯社还在画展开幕之前赴广西采访"希望工程"，在开幕后连续三天发表了配图片的系列纪实消息，引起极大反响。

安部牡丹园社长安部功，为中国青少年发展基金会捐出 1 亿日元，以支持"希望工程"和中国基础教育的发展。

2002 年 2 月 24 日至 3 月 1 日，北京肯德基有限公司为"希望工程"举办义卖周。义卖周期间，公司所属的 4 家餐厅均悬挂"为了孩子，为了未来"大幅宣传广告，向顾客分送"希望工程"材料。

3 月 10 日，肯德基国际公司亚太区总裁特意赶到北京，将义卖周利润 10 万元人民币和国际公司 5 万美元，赠送给基金会。

北京肯德基公司的 260 名员工每人还从个人收入中捐赠了 40 元。他们同时宣布：

> 北京肯德基有限公司每位员工每年都将担负起贫困地区一名少年儿童的学杂费，并将此内容写入《员工守则》，这将成为今后招收新员工的标准之一。

4 月 20 日，"百万爱心行动"计划实施的第四天，正在华旅游的美国退休军人白士那，费了一番周折，找到了基金会。

"外国人可以参与这项活动吗？"白士那问基金会的工作人员。

当得到肯定的回答后，白士那对工作人员说："我一直对贵国充满着友好之感，看到你们的宣传材料，得悉贵国还有那么多孩子因为贫困而不能上学，十分痛心。我决定先帮助两名孩子。"

这位老人当时已经 70 岁了，还表示要同有关部门联系，到一所小学当英文教师，为中国的教育作力所能及的贡献。

贝尔是美国的一名热心的社会活动家、一名退休校长。他曾经在贝鲁特的战火中援救过受伤的儿童，曾远渡到英国参加抗议种族隔离的集会。他还是狮子会的成员，在全世界狮子会中享有很高的声誉，他被人们称为"人民大使"。

他曾给基金会寄来 50 美元，以支持"希望工程"。最近，当听到"希望工程——百万爱心行动"后，又寄来一封热情洋溢的信。

中国青少年发展基金会：

我如今对你们的活动依然满怀热情。这是一项对失学儿童充满着感情和爱心的事业。如果没有这项事业，这些孩子将面对一个没有光明的世界，我将尽我所能来继续帮助你们。

…………

闻悉你们开展"百万爱心行动"，十分兴奋！与每个失学孩子结对子是一个伟大的想法。"百万爱心行动"如果能把我包括进去，我将深深地投入于此并去鼓励更多的美国人来参加这项活动。我可不可以在美国做个协调人？对这些需要帮助的孩子，我心里充满了爱心和希望。我现在与中国的许多人有联系，但如能与我帮助的孩子通信将是我人生中又一次快乐的经历。

请寄给我两张申请卡，我自愿为中国的两个孩子提供 5 年的书杂费，届时，我将把他们视为自己的家庭成员。如果你们同意我在美为你们做些工作，请多寄给我一些申请卡。我决心帮助中国的孩子，使他们成为品德良好的人，成为他们的伟大祖国的忠诚的儿女。

真诚地祝你们成功！

贝尔
1992. 5. 14

"世界上的人民与社会如能团结一致，那么，整个世界将会完全不一样！"这是贝尔先生的一句名言。

愿全世界儿童都能享受受教育的权利！

# 中南海的爱心行动

"希望工程——百万爱心行动"传进中南海,同时牵动着中央领导同志和许多老一辈无产阶级革命家的心。江泽民、李鹏、邓颖超、乔石、姚依林、宋平、李瑞环、丁关根、宋任穷、刘澜涛、温家宝、彭冲、方毅、倪志福等都给予充分肯定,并带头捐了钱。

一天,两位解放军战士来到基金会,捐了3000元。请他们留名,他们说什么也不肯。工作人员告诉他们,这是这里的规定。实在无法推辞,他们说,非要写,你们就写上"一名老共产党员"吧!

两位战士走后,工作人员悄悄跟了出去,记下了停在远处的小车的车牌。通过有关部门,终于了解到这名老共产党员是邓小平同志。

邓颖超同志是在病中听到"百万爱心行动"的,这位无私地把自己的一生奉献给人民的无产阶级革命家,实在已经没有什么家底,拿不出多少钱来了,但是,她还是让秘书赵伟代捐了1000元。

95岁的帅孟奇老人,两年前已经为"希望工程"捐了2000元,这次又捐了500元。她表示,自己百年之后,要将全部财产都捐赠给青少年教育事业。

从资深老同志到刚刚参加工作的大学生,从部长到普通的工作人员，每一笔捐款都饱含着一片深情，都有一个感人的故事。

中华全国总工会老干部侯一，献出了一张珍藏半个多世纪的人民银行现金存折。这不是一件一般的遗物，这是她姐姐王玉烈士 1940 年 9 月英勇就义后，当地党组织在环境极其残酷、经济极端困难的情况下，派人带给烈士母亲的 200 元抚恤金。

为了纪念牺牲的女儿，老人家把这笔钱收藏起来，无论生活怎样艰难，从未动过分文。1954 年老人去世前，将这笔钱转交给侯一。

侯一动情地说："我家两代人将这笔钱精心保存到现在，它记载着一位年轻的共产党员为国捐躯英勇就义的历史，告诉我们人民江山来之不易。我年事已高，身体又不好，现在把这笔钱捐献出来，希望把它用在'缅怀烈士，教育后人'的事业上。"

团委的同志征询她的意见，是否同意把这笔钱转赠给延安，用于创办"希望小学"。侯一高兴地说："把这笔钱用在支援革命老区的教育事业上，我非常拥护，这也是用得最合适的地方。"

中国标准出版社离休干部韦朴，为"希望工程"捐资 600 元，以此来纪念她和姐姐何维文参加革命整整 50 年。

韦朴 1942 年参加革命，曾有过出生入死的战斗经历。1946 年冬，她在一次战斗中身负重伤，转移时已奋奄一息。晚上住在一个老乡家里，房东大娘给了她一碗米汤喝，使她起死回生。

后来才知道，这碗米汤是大娘得了孙子给产妇做的，匀出一碗给了她，救了她一命。当时因为昏迷，她未看清大娘的相貌，也未能道一声谢，但老区人民的恩情却令她终生难忘。

"一想到老区人民现在还那么穷，一想到老区现在还有那么多的孩子上不了学，心情就难以平静。"韦朴说，"给老区人民一些支援，让那些可怜的孩子重返校园，我们责无旁贷。"

百万爱心在行动，社会各界纷纷响应。

# 三、 爱的延续

●1990 年 9 月 5 日，邓小平亲笔题写了"希望工程"四个大字。这四个字从此成为"希望工程"的一部分。

●"希望小学"不仅给那些已经辍学的"小牛娃""小猎枪"带来了福音，同时也让那些贫困山区的群众看到了希望。

●一位哑巴母亲，在村子里见到人就不停比画、咿咿呀呀，兴奋地向别人"述说"着什么。原来，她的孩子也被"希望工程"指定为救助对象了。

# 中央关怀希望工程

"希望工程"从诞生开始,就一直受到中央及地方各级领导的关怀。

1990年9月5日,邓小平亲笔题写了"希望工程"四个大字。这四个字从此成为"希望工程"的一部分。

那是1990年5月初,共青团中央给邓小平写了一封信,请他为刚刚实施不到一年的"希望工程"题名。共青团中央盼望敬爱的小平同志以他在全国人民心中崇高的威望来推动这项事业的发展。

没想到,几天以后,共青团中央就收到了小平同志的题词。拿着那张还散发着墨香的字幅,看到小平同志潇洒苍劲的书法"希望工程",他们激动的心情难以言喻。

好多年来,小平同志亲笔书写的"希望工程"四个大字,像明灯一样高悬在共青团中央头顶,照亮他们前进的道路,使"希望工程"有了如今的成绩。

后来,邓小平的题字手迹出现在"希望工程"的种种活动之中,即使是贫困地区刚刚入学还不识字的孩子和他们的文盲父母,也能认得邓小平的行书手迹。他们认定,邓小平推动的"希望工程"定会给他们带来幸福和希望。

此外，邓小平曾两次以"一个老共产党员"的名义向"希望工程"捐款。

江泽民同样高度重视和关怀我国少年儿童的成长。江泽民为"希望工程"题词：

支持希望工程，关心孩子成长。

1994年3月31日，江泽民委托中央办公厅的同志，给实施"希望工程"的中国青少年发展基金会送来一笔捐款，用于救助贫困地区失学儿童。

国家总理李鹏也给"希望工程"题词：

希望工程，救助贫困，兴学利民，造福后代。

从中南海到地方，许多党政领导都以普通党员、公民的身份，以实际行动支持"希望工程"。

中国青少年发展基金会那长长的捐款名单上，记录着一个个熟悉的名字：江泽民、李鹏、朱镕基、李瑞环、胡锦涛、尉健行、李岚清、李先念、陈云、万里、王震、刘华清、乔石、邓颖超、宋平……

# 建立第一所希望小学

伴随着"希望工程"的实施，一所所"希望小学"也应运而生。"希望小学"不仅给那些已经辍学的"小牛娃""小猎枪"带来福音，同时也让那些贫困山区的群众看到了希望。

1990 年 5 月 19 日，在安徽金寨出现了中国教育史上的一件新生事物！

当中国第一所"希望小学"将在金寨县南溪镇举行落成典礼的消息传开时，山乡群众像欢庆盛大的节日一样，翻山越岭，一大早便纷纷赶来了。

原南溪镇中心小学虽然有着悠久的历史，却一直是借用彭家祠堂的大殿当教室。年久失修，雨季，外边大下，殿内小下；冬天，纷纷扬扬的雪花竟飘落在孩子们的课本上。一根根大柱子挡住了孩子们的视线，为了看清黑板上的字，他们不得不歪着身子，拧着脖子。一堂课下来，脖子拧酸了，眼睛也看花了。

5 月里，天边飘来一朵吉祥的云。中国青少年发展基金会经过实地考察后，决定救助金寨县的 500 名因家庭贫困而失学的孩子，并创办一所"希望小学"。

如今，两座漂亮的教学大楼取代了旧日的祠堂大殿。宽敞明亮的教室，整齐划一的桌椅，电教室、教研室、图书阅览室……在这个小镇上，一切都显得格外气派。

德高望重的徐向前元帅，临终前还挂念着这个大别山区的小学堂。高悬在校门拱门上的大理石校匾上"金寨县希望小学"七个金色大字，就是他老人家的墨宝。

团中央书记处书记洛桑在落成仪式上说：

> 创办"希望小学"，是"希望工程"的一个组成部分，是共青团着眼未来，服务社会，造福后代所办的一件实事。"希望工程"体现了共青团为人民服务，为青少年服务的宗旨，是利国利民，为国分忧，造福后代的实际行动。

金寨县委副书记廖荣焕表示，一定把金寨的这所"希望小学"办好，振兴金寨的基础教育。

最兴奋的要数那 20 名被救助的学生。五年级一班的林娟同学站在人群中，眼里闪烁着激动的泪花。这位多次被评为"三好学生"的好孩子，却因家里困难而失学。"希望工程"救助了她，她学习更勤奋了。从家里到学校要爬一座山，可她从来是风雨无阻，连一次也没迟到过。期末统考，她语文得了 110.9 分，列全乡第一名。

据县"希望工程"办公室统计，全县被救助的 500 名孩子，其中 276 人已走进了"三好学生"的行列。

大别山注视着这一幕，欣慰地笑了，它预感到 5 年或是 10 年之后，这里将要发生更大的变化……

# 第一名受益的学生

张胜利非常伤心地哭了，眼泪顺着他瘦黄的脸颊滚了下来。他不能去上学了。

这位当时读小学三年级的孩子，从没见过高楼大厦，没玩过玩具，没看过电视。不知道山外的世界多幸福，没个比较，自然不知道自己过的日子有多苦。他的唯一愿望和乐趣只是读书。

我们先来看看他生长在怎样的环境中吧！

桃木疙瘩村坐落在远离涞源县城 50 多公里地的韭菜山上，大山隔绝了人类的文明，隔绝了现代化。全村 8 户人家 30 来口人，人均收入不到 100 元，一年打下的粮食不够吃 3 个月，过着极为贫寒的日子。

张胜利一家 6 口，父亲有病，母亲是个哑巴，底下还有两个弟弟、一个妹妹。家里穷得除了一只缺了口的水缸、一铺土炕和一方泥垒的锅台，再也找不到一件像样的家什。

每学期，父母都要为孩子的 10 来元学杂费而操心。张胜利很懂事，为了减轻家里的负担，什么活儿都干。他甚至把家里人的指甲和头发攒起来拿去卖，可那能值几个钱？

在年初，父亲把张胜利叫到了炕前，对他说："孩子，你念不念书以后也是当农民，家里实在是供不起了，你就别念了吧！"

张胜利哀求道："爸爸，你就让我把小学念完吧，我实在是太想念书了。"

父亲火了，一巴掌打了过去："这么大了，你怎么还这么不懂事？"

张胜利流着眼泪说："爸爸，你打吧，你怎么打都行，就是书千万千万还让我继续念下去。"

早晨，父亲见他掖着书包往外走，便一把夺过书包扔到灶膛里。张胜利死命从火中抢出了书包，哭着说："爸爸，我要读书，我要上学！"

放学后，张胜利再也不敢把书包背回家，只得把它寄放在姨家。

或许意识到自己快不能读书了，他悄悄给曾经两次到山上来过的县政协车志忠副主席写了封信：

车爷爷：

您好！

您家里今年打的粮食够吃吗？因为家里穷，供不起我上学了。可我还想上学，念出书来像您一样做个为国争光的人！

张胜利

4月，父亲病逝；没过多久，母亲改嫁。

家庭的重担落在了张胜利的肩上，挑呀挑呀，实在是挑不动了。没有办法，只好把二弟送给了外地人，把三弟和小妹妹放在哑巴六叔家寄养。

张胜利终于没有逃脱失学的命运。他每天去帮邻居干点杂活儿，换口饭吃。

张胜利一失学，学校三年级只剩下一个吕成山，吕成山也没法念下去了。这期间，因为家庭困难，又少了7个孩子。村小学只能关门了。

离开了教室，不能读书，张胜利像个木头人似的，整天没精打采。那天中午，在山上放羊时他遇到了吕成山，两个小伙伴说着说着又不禁泪流满面。

"成山，你说车爷爷收到我的信了吗？"张胜利问。

吕成山说："信肯定会收到的。"

"那为什么车爷爷不来救救咱们？"

"爷爷是县里的大官，可能是每天太忙了，顾不上咱们。"

他们俩不知道车爷爷正为他们在到处奔波、八方呼吁；他们也不知道那个专门为改变穷孩子命运的基金会成立了。

终于，几位大哥哥、大姐姐到山上来了，说是来搞什么调查的。山下还传来消息，说北京的"希望工程"要救助他们。

消息并没有错，1989年10月，中国青少年发展基金会作出决定，对桃木疙瘩小学进行资助。

中国青少年发展基金会根据其宗旨，通过筹集资金，建立了我国第一个"救助贫困地区失学少年基金"，并决定对涞源县桃木疙瘩村小学给予资助。

决定如下：

一、对张胜利等八名学生颁发资助就读证，由我会负担他们小学期间每学期的书本及杂费；

二、为张胜利等十三名学生免费提供每人一套运动服和学习用品；

三、为桃木疙瘩村小学购置部分教学设施和用具。

中国青少年发展基金会

1989 年 10 月

这一天，中国青少年发展基金会副秘书长郗杰英、办公室主任顾晓今、涞源县县长、教委主任、团县委书记，都亲临这个偏僻的小山村，参加"资助就读证"的颁发仪式。

对于张胜利来说，这个日子将是他人生道路上的一个重要的转折点。他在失学一年之后，又重新拿起了书本。

张胜利穿着那套基金会刚刚发给的天蓝色运动服，在"资助就读证"的颁发仪式上，代表十几名失学儿童发言。这之前，老师已经帮他准备好了发言稿，他也背得烂熟。但是，面对眼前伯伯、叔叔、大哥哥、大姐姐一双双热切、关怀的目光，他激动得什么都忘了。

想了好一会儿，张胜利才说了句："今天，我特别高兴，特别激动，我又可以上学了。"

从这一天起，将会有越来越多像张胜利一样因为贫困而失学的孩子，重新获得接受义务教育的权利。

# 永远不忘希望工程

徐祖林怎么看都不像18岁，身高不到1.60米，瘦瘦的，清秀的脸上忽闪着一对漂亮的大眼睛，微笑时，眼里的稚气如放飞的小鸟。

当年，这个穷人家的孩子哭着喊着要读书；今天，他的胸前终于佩戴上了大学校徽。帮他圆梦的是又一个素不相识的普通人。

2000年9月，徐祖林将代表中国230万"希望工程"受助生赴悉尼参加"奥运青年营"，他的肖像将印在澳大利亚邮政发行的奥运会纪念邮票附票上。

徐祖林为拍肖像照片来到北京。那一刻，这个不幸的孩子感觉幸运无比："是'希望工程'改变了我的人生轨迹！"

长这么大，徐祖林最伤心的是离开课堂。1992年，小祖林被迫辍学时哭成了泪人。当时他读小学四年级，不仅每学期都是三好学生，还得过九江地区数学奥林匹克竞赛第一名。

他家住江西省修水县港口镇星桥村，这里是有名的革命老区，也是有名的贫困地区。徐祖林一家6口靠两亩多地维持着清贫的生活。

1991年，小祖林的爸爸精神失常走失。次年，妈妈不堪贫困折磨远嫁他乡。可怜的小祖林兄妹被抛给了年迈的爷爷奶奶。小祖林 10 岁不到就得上山砍柴，下地种田。小祖林一次又一次拉着爷爷的衣角哀求："让我回去读书吧！"而爷爷除了两行老泪不能给他任何回答。

于是，懂事的小祖林便白天拼命干活，晚上腾出时间坐在小油灯下自学功课。他天天盼着阴天下雨，那是不用下地的日子。逢此，小祖林便飞奔到学校，偷偷躲在教室的窗户下听课。而每次听完课，无情的雨水都淋透了他的衣衫。

1992 年 9 月的一天，原来的老师来到小祖林家，告诉他：明天就可以重返课堂了。小祖林愣了十几秒，突然放声大哭，扑到老师怀里一遍遍问："真的吗？"

小祖林后来知道，是省委一位机关干部资助了他。他暗暗发誓：一定好好学习，对得起资助自己的好心人。

1993 年 9 月，小祖林以全乡最高分升入初中。那一年，江西省青基会为他提供了"希望工程"特别奖学金，南昌市乡镇企业管理局干部刘丽也与他结成对子。

小祖林一直保留着刘丽阿姨写给他的信。刘阿姨在信中勉励他好好读书，并承诺"只要能考上高中、大学，我就供到底"。

从此，小祖林每天最早一个到达课堂，最后一个离开教室。而此时，长期营养不良导致这个本来就瘦小的男孩面黄肌瘦，终于有一天晕倒在课堂上。

刘丽得知后痛心不已，以后，除定期寄钱外，还经常寄来大量食品、衣物和生活用品。小祖林高考后，刘丽专程从南昌赶到小祖林家，帮他估分、报志愿。

小祖林说："这是我一生中最难忘的事。刘丽阿姨给了我超越血缘的母爱。"

1998 年，小祖林被中国青基会评选为"希望之星"。途经南昌，他特意来到刘阿姨家。一见面，刘丽一把将他揽在了怀里。那天，小祖林在刘阿姨家吃了饺子，和刘阿姨的儿子睡在一个被窝儿里。

那些年，甚至连小祖林也记不得有多少人像刘丽阿姨一样帮助过他，但他清晰地记得，从小学到大学，他的面前伸来过一双又一双温暖的手。

小祖林最终选择了江西农业大学农学院。他说："家乡穷，就因为太缺少人才。我毕业后要回乡带领乡亲们致富，也报答帮助过我的好心人。"

北京只几天时间，小祖林还随身带着英语书。他觉得自己的口语不够好，而老师评价他"口语成绩只不过不是第一而已"。可小祖林极其认真："我这次出去不仅代表中国，而且代表'希望工程'。"

小祖林还有一个小秘密："我要用英语问外国人，知道中国的'希望工程'吗？"

# 感激不尽的受助者

**我又可以念书啦！我又可以念书啦！**

一个纯真稚嫩的声音在山村里回荡着。

这个声音是安徽宿松县一个叫朱人水的失学少年发出的。当他领到"希望工程"的"资助就读证"时，激动得非用喊的方式表达出来不可。看到这一情形的老乡们都为他感到高兴。

朱人水的父亲病逝后，母亲改嫁，他被寄养在伯父家。伯父是个孤寡残疾人，住在一间破草屋里，屋里一张旧木床，蚊帐、被子已是破烂不堪。

家里穷得连盐都买不起，根本没有钱念书。十分渴望上学的朱人水，经常在山坡上砍柴经过学校时，小心躲在窗户下听老师讲课文。当下课铃敲第一下时，他就赶快离去，担心被别人笑话。他连做梦都想着能像其他孩子一样坐在教室里上课。

现在，日夜盼望的愿望成为现实，他能不万分激动吗？

一位哑巴母亲，在村子里见到人就不停比画、咿咿呀呀，兴奋地向别人"述说"着什么。村里人后来才知道，她的孩子也被"希望工程"指定为救助对象了。

孩子的伯父真心实意地说："如果不是好心人帮我一把，哪一天我家才有出头之日？伢子能念书，不容易啊！愿菩萨保佑那些捐钱的爷爷、奶奶、叔叔、伯伯、阿姨长命百岁！"

云南省墨江县玉碧村，村里有 2000 余人，近一半都没上过学，每 10 个适龄儿童中有 4 个读不成书。村民们每天辛勤劳动所得的钱只够买一支高档香烟。

但是，贫穷并未扑灭村民们对于知识的渴求。瓦那社 18 岁的罗永明既当兄长又当"父母"，他担起了养育 4 个弟妹的重担。他自己经常穿件剩下半截的烂衣服，却说："当牛当马也要供弟弟妹妹读书。"偏伞村的陶志荣临终前嘱咐妻子："吃树皮也要让两个娃娃读书，我们穷就穷在不识字上。"

2001 年 9 月 19 日，蒙蒙细雨，1000 多名村民来到学校操场，他们等待着一个庄严时刻的来到：团县委代表中国青少年发展基金会为村里的 50 名失学儿童颁发"资助就读证"。

一位妇女拖着虚弱的病体走了 5 公里山路赶来了，她说："北京送钱来帮助我的孩子上学，我就是爬也要爬来。"

50 名衣衫褴褛的孩子非常整齐地站在那里，他们的眼睛里都闪烁着一种希望之光。

7 岁的哈尼族小姑娘李四娒腼腆地拉着团县委书记刘春的衣襟说："想上学，没有钱。"刘春亲切地告诉她：

"共青团供给你。"

李四婼接过"资助就读证"时哭了，其他孩子接过"资助就读证"时也都哭了起来，不过，他们流下的是幸福的眼泪。

玉碧村人会永远记住这一天，翻腾流淌的墨江水会永远记住这一天……

2002年六一儿童节，广西平果县"希望工程"实施领导小组收到了大连石化工程公司团委寄来的一张4000元的汇款单及一封非常热情的来信。信中说：

> 这4000元是本公司职工为"希望工程——
> 百万爱心行动"献出的一份情……

大连石化工程公司为什么从遥远的北方给平果县失学儿童捐款呢？这里边有一段非常感人的小故事。

中国青少年发展基金会把贫困的平果县定为全国实施"希望工程"试点县以后，250名失学少年重新拿起了书本。

海城乡拥良小学曾经3次失学的方元军同学拿到"资助就读证"时，开始怎么也不敢相信这是事实，他以为这辈子再也进不了学校的大门了。

当晚，方元军怀着激动之情，给救助自己的大连石化工程公司女职工刘淑兰写了一封真情流露的感谢信。在信中，方元军把刘淑兰称为"妈妈"，表示要好好学习，以优异的成绩来报答"妈妈"的恩情。

刘淑兰收到信后感慨万分，她没有想到自己只尽了一点微薄之力，人家竟如此感激自己。从此，她把方元军看作自己的"儿子"，在生活和学习上不断给予关心和帮助。而方元军也很争气，他也知道上学机会来之不易，学习很用功。

2002年3月15日，北方的"妈妈"决定亲自到平果县看看南方的"儿子"。公司领导得知刘淑兰这一举动后十分赞赏，特地派了一名女同志和一名宣传干事陪同，大连日报社听到消息后，也派了记者随同采访。

19日，拥良小学以最隆重的礼仪迎接刘淑兰一行的到来。方元军一眼便"认"出了"妈妈"，他跑上前去，腼腆地叫了一声"妈妈"，便泪流满面再不知说什么好。刘淑兰也百感交集，她边擦泪水边说："今天大家都高兴，不哭了，不哭了。"

刘淑兰一行在平果县住了5天，深刻体会到了老区人民的贫困，看到了山区孩子上学的困难，他们是流着眼泪回去的。

大连石化工程公司团委将这件事在公司内作了广泛的宣传，广大职工都想尽自己的一份力。"希望工程"像一根银线，把大连石化和广西平果县连在了一起……

爱是不能忘记的。

广西平果县新安乡"希望工程"实施领导小组在感谢信中满怀激情地说：

亲爱的同志们：

首先，让我们代表全乡46 000人民以及82位享受"希望工程助学金"的失学孩子，向你们和所有为救助失学孩子伸出援助之手的人们，表示崇高的敬意和衷心的感谢！

…………

我们一定按照你们的要求，把资助的钱管好用好，为培养祖国的未来作出贡献，同时，我们还要千方百计作出努力，不让在校的学生再度失学，以不辜负你们和广大捐赠者的希望。

# 走进爱助学生的心灵

"希望工程"从 1989 年到 2009 年走过了 20 年的历程。它帮助了许多人改变了命运，引起了社会包括各级政府对教育的重视，促进了中国公益事业的发展。20 年中，发生了许许多多令人感动的故事……

还记得张胜利吗？"希望工程"捐助第一人，他后来成了小学副校长。

张胜利当初根本就没有想到，当年他写的一封信，竟然掀起了一场"运动"，而这场"运动"改变了全国300 多万贫困儿童的命运。

随着中国青少年发展基金会启动"寻访希望工程20年"公益活动，记者走进河北涞源县桃木疙瘩村，记录张胜利现在的生活，回忆当年的故事。

1988 年 9 月，12 岁的张胜利失学了。

回忆当初，张胜利潸然泪下："我想去念书，父亲不让去。"

跟张胜利一起因贫穷而失学的，还有同村的伙伴吕成山。他们每天上山砍柴，然后背到附近的东团堡乡上去卖，换回家里需要的油盐酱醋和玉米棒子。

"在失学的两个星期里，我天天想的都是上学，吕成山跟我一样。"张胜利说，"有一天，我们突然想起县里来的一个姓车的大官，他曾经对我们说只要好好学习，将来他供我们上中学、上大学，做对国家有用的人。"

在幼小的张胜利眼里，县城来的"大官"应该是说话算数的。带着冲动，又怀着试试看的心态，两个小伙伴商量了半天，决定由语文比较好的张胜利起草"求助信"。信只有一页纸，不到200字，但从起笔到誊写完，却花去了半天时间。

第二天，怀揣着这封只有一张纸的信，背着跟往常同样重的20多公斤柴，张胜利竟然没有以往的沉重感，走得比平时更快。"少用了半个小时，急着想把信寄出去。"张胜利说，"当把柴一卖出去，就买了8分钱的邮票将信寄出去了。"

信寄出去了，张胜利的生活依旧是失学在家，每天上山砍柴帮家里度日。

1989年10月17日，张胜利说一辈子忘不了这一天。他收到了县里的通知，说是被中国青少年发展基金会资助了。

"当时受到资助的孩子总共13个，其中有12个是桃木疙瘩村的，我和吕成山都是。"张胜利有点激动，"我们特别高兴，特别高兴有书读了。记得当时，我和吕成山高兴得来回跑，不知道跑了多长时间。"

心情异常激动的两个小伙伴发誓秘密约定：将来念书成了，张胜利回乡搞教育，吕成山回乡搞经济。后来，张家口农专毕业的吕成山在当地一个偏远的乡当副乡长。

更让张胜利没有想到的是，他的这封信点燃了中国青少年发展基金会正在调研的一个项目：希望工程。

1989年10月31日，"希望工程"正式启动。随着中国青年报摄影记者解海龙拍摄的大眼睛苏明娟、声嘶力竭喊出"我要上学"的大鼻涕胡善辉、圆圆的脑门皱着眉头的"小光头"张天义等感动人心的照片被媒体广泛传播，全国掀起了"捐资助学"风暴。

从1989年到2008年底，"希望工程"成立20年共获得捐款超过53亿元人民币，面向中国农村贫困地区资助了338万多名家庭经济困难学生继续学业，建设希望小学1.544 4万所。

"希望工程"也因此成为我国改革开放30年来启动最早、规模最大、参与最广、成效最显著的社会公益事业。"希望工程"已经扩展到救助农村贫困地区家庭经济困难的中学生、中等职业技术学校的学生、大学生等。

重返校园的张胜利学习十分用功。在各级基金会的帮助下，他读完了小学、初中。1995年8月，中国青基会实施教师培训计划，张胜利被上海第一师范学校免试、免费录取。

1997年6月，张胜利从师范学校毕业。到底是留在繁华的上海，还是去富裕的浙江温州，抑或是返回贫穷的桃木疙瘩村，同学们在劝说，张胜利也在抉择。

大城市上海和经济发达的温州，加上同学答应的帮助，这些都诱惑着张胜利，毕竟人要往高处走。但是张胜利说他的决定一点不复杂，因为他为了人生的一个承诺，也为了回报社会。

回忆起当初自己的最终决定，张胜利说还源于一次特殊的出国经历。他回忆说：

> 1996 年，我去过一次美国，过海关的时候对我触动很大。我们和日本人都是黄皮肤、黑眼睛、黑头发，但是过海关的时候美国人显然对日本人松对我们紧，当时我想起毛主席的一句话：落后就要挨打。这也坚定了我毕业后一定要回到家乡搞教育的决心，因为山沟里穷，主要还是教育上不去，我有责任、有义务帮村民和孩子开阔视野。

当张胜利再次走进桃木疙瘩村小学教学点，当第一脚踏进破败的校门时，他有点激动。第一节课，他给学生讲了"希望工程"：从 1989 年如何成立到如何资助穷孩子上学等。

但是，当面对学校全部的、也是仅有的 3 名学生时，他着急了："我决定把失学的孩子找回学校来。"

后来，张胜利挨家挨户给失学在家学生家长做思想工作，通过自身命运的改变告诉家长，上学跟不上学就是不一样，对家里有经济困难的，他承诺解决。

有一次，张胜利从桃木疙瘩去流水沟，从 8 时出发一直走到 13 时多，翻山越岭迷路后才找到一个失学孩子的家。孩子家长勉强答应了，张胜利则趴在桌子上累得睡着了。

"从 1998 年开始，我就不用再找失学的孩子了。"张胜利说，"因为，我一边找孩子一边宣传'希望工程'，家长都知道'希望工程'管孩子吃管孩子住，所以愿意把孩子送到学校了。"

也是从返回家乡的那一年起，张胜利开始利用自己的知名度帮助家乡的穷孩子。目前，经过他的牵线搭桥，300 多个贫困孩子得到了资助，还建成了 3 所希望小学。

后来，张胜利担任涞源县东团堡乡中心小学副校长。2009 年 7 月 17 日，冒着大雨，他带着记者参观他的学校：葱郁的树木、盛开的鲜花、整洁的校舍、醒目的标语。

但是张胜利对此并不满足：一年级一班的教室是危房，这个教室的课桌椅老旧了，图书室的书虽多但适合孩子看的少，广播体操室的音响不行……"孩子们应当接受更好的教育，缩小城乡差异。"张胜利说，"目前，最想解决的是操场硬化问题和筹建多媒体教室。"

所谓的学校操场很小，长度最多 100 米，上面裸露着小石子和黄土，胡乱生长着一些杂草。"学校没有活动场所，现有操场有安全隐患。"张胜利说，"农村孩子跟城市孩子一样，到学校不光是学习，也要体育锻炼。"

被列入急需解决的筹建多媒体教室，张胜利说这是缩短城乡孩子差异的最佳途径。农村与城市距离的缩短，从远程教育上最便捷，要想很快地开拓农村孩子的视野，网络教学很重要。

对这两大项，张胜利做了预算：操场 8 万多、多媒体教室 3 万多。从此张胜利就为这两件事奔波着。

"也许有人会追问，当初我为什么不留在上海或者去温州。"张胜利说，"确实是，如果当初做了另外一种选择，生活肯定比现在更富裕，但有一种感觉没有受过'希望工程'资助的人永远不懂，那就是贫困的孩子也应得到教育。"

张胜利说："作为两届奥运会火炬手，我想通过自己的言传身教和努力，把希望的火炬永远地传递下去，让更多的孩子懂得感恩、知恩图报。"

# 本书主要参考资料

《大眼睛的希望》张云雁著 希望出版社

《托起明天的太阳》黄传会著 作家出版社

《希望工程：苦涩的辉煌》黄传会著 人民文学出版社

《为了那渴望的目光：希望工程20年记事》黄传会著 安徽教育出版社

《点燃希望的火炬：希望小学老师眼中的希望工程征文优秀作品集》孔繁荣主编 山东教育出版社

《希望伴我行：我与希望工程征文优秀作品集》陈伟主编 中国文联出版社

《叩问天人之际：徐永光说希望工程》 方立新 王汝鹏编 中国青年出版社

《成长的希望——50名希望工程受助生追踪纪实》中国青少年发展基金会编 中国青年出版社